A Photographic View of America Before You Go

想去美国？
先看懂这些照片

交通　旅游景点

赵恒元　主编

中山大学出版社
·广州·

版权所有 翻印必究

图书在版编目（CIP）数据

想去美国？先看懂这些照片·交通 旅游景点：英汉对照/赵恒元主编．—广州：中山大学出版社，2016.6

ISBN 978-7-306-05672-6

Ⅰ.①想… Ⅱ.①赵… Ⅲ.①英语—汉语—对照读物 ②美国—概况 Ⅳ.①I319.4：K

中国版本图书馆 CIP 数据核字（2016）第 084689 号

出 版 人：徐 劲
策划编辑：刘学谦
责任编辑：刘学谦
封面设计：林锦华
责任校对：林彩云
责任技编：何雅涛
出版发行：中山大学出版社
电　　话：编辑部 020-84111996，84113349
　　　　　发行部 020-84111998，84111981，84111160
地　　址：广州市新港西路 135 号
邮　　编：510275　传　真：020-84036565
网　　址：http://www.zsup.com.cn　E-mail：zdcbs@mail.sysu.edu.cn
印 刷 者：广州家联印刷有限公司
规　　格：787mm×1092mm 1/16 14.5 印张 250 千字
版次印次：2016 年 6 月第 1 版　2016 年 6 月第 1 次印刷
定　　价：39.80 元

如发现本书因印装质量问题影响阅读，请与出版社发行部联系调换

前　言
PREFACE

有多少人想去美国？这是个潜数字，没有人能说得清。但是，有一条定律：有机会去美国，没有人会轻易放弃。

百万考生拥挤在 TOEFL、GRE 考场，意欲何为？

穷尽一生积蓄供孩子去国外深造，想去哪里？

达官贵人望子成龙，送孩子去哪儿"镀金"？

商贾富豪投资移民，把钱转到哪里？

……

这些不同的人群大体上都有一个相同的首选潜在目标——美国。

《想去美国？先看懂这些照片》不仅是写给这些群体看的。对于广大的英语学习者，本书也是一套高级看图识字读本。每年 200 万赴美游客，他们除了浮光掠影，还能从本书的景点照片中了解到有关美国更多的人文、历史及风土人情，从而为自己的旅游增加深度和档次。

中国人学英语，从小学学到大学，有的甚至还参加各种辅导班，投入了相当的时间和精力。但一踏上美国国土，你可能霎时"耳聋眼花"，感觉以前学到的那些东西怎么派不上用场。

你在大街上看到一块牌子，上面的文字是 YIELD。你会说，这个单词我认识，不就是"屈服、投降"的意思吗？可是这个牌子是干什么的呢？要我投降？再往前走，你又看到一块牌子，上面有辆自行车，下面的文字是 XING。这又是什么意思呢？各种考试词汇表都背过了，没有 XING 这个单词呀！

在学校、超市，你可能会分别看到下面两个标识牌。上面的文字都不多，没有几个单词，可是你能看懂么？

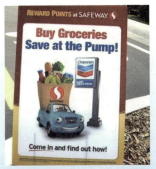

这些照片都来自美国本土，是美国日常生活的真实写照。看懂了这些照片和照片上的文字，你就可以更快地融入当地社会中，在那里更顺利地学习、生活和工作。相反，如果你看不懂这些生活中的日常标识，你就会陷入困惑和麻烦中。你或许会说：去了再说，急来抱佛脚。但是佛会说：你怎么平时不烧香呢？

因此，还是未雨绸缪，记住以下三句名言，才是上策。

He who fails to plan is planning to fail.

Chance favors only the prepared mind.

God helps those who help themselves.

参加本书编写的作者有：Connie Grenz, Mark A. Green, Daniel Mueller, Kimberly Aldous, 潘华琴，倪小华，赵永青，陈果元，胡红，李一坤，杨帆，雷云逸，潘书祥，郑宏，牛建新，王泽斌，赵庆国，何伟，卓煜人，陈维，曾灿，胡春晖，赵恒元。本书英文书名由 Carl K. Roshong 教授审定。

赵恒元

2016 年 3 月 12 日于北京（hengyuanzhaobj@qq.com）

目录 CONTENTS

第一部分 交 通

1 Bikes 自行车 ·· 3
1.1 Bike Lane 自行车道 ··· 3
1.2 Push Button 过路按钮 ·· 6
1.3 Walk Bikes 自行车，推着走 ··································· 7
1.4 Cycles Prohibited 自行车禁止进入 ························· 9
1.5 Parking 存车处 ·· 10
1.6 Helmet 头盔 ·· 11

2 Bus 公交车 ·· 12
2.1 Bus Stop 公交车站 ··· 12
2.2 Bike Racks 自行车架 ·· 13
2.3 Kneeling Bus Ramp 跪迎坡 ································· 13

3 Share the Road 共用车道 ···································· 15

4 Stop，Yield 停车让行、减速让行 ······················· 16

1

4.1　Stop 停车让行 ······················ 16
4.2　Yield 减速让行 ····················· 18

5　One Way 单行道 ····················· 20

6　Detour 绕行 ························ 22

7　Traffic Circle 环行岛 ··············· 23

8　Work 道路施工 ······················ 24

9　Turn 转弯 ·························· 25

10　Red Light 红灯 ···················· 27

11　Speed Limit 限速 ·················· 29

12　Merge 并道 ······················· 30

13　HOV Lane 多乘员车道 ··············· 32

目 录

14 **Hitchhike 搭车** ·· 34

15 **Ramp 斜坡** ·· 36
    15.1　Common Ramp 常见斜坡 ································· 36
    15.2　Handicapped Ramp 残疾人坡道 ························· 37
    15.3　Traffic Ramp 交通坡道 ···································· 37
    15.4　Escape Ramp 避险坡道 ···································· 38
    15.5　Boat Ramp 船只坡道 ······································ 38

16 **Bump，Hump，Lump 减速带、减速台、减速垫** ··········· 40
    16.1　Speed Bump 减速带 ·· 40
    16.2　Speed Hump 减速台 ·· 40
    16.3　Speed Lump 减速垫 ·· 42

17 **Xing 横过** ··· 43

18 **Disabled 残疾人** ·· 45
    18.1　Accessible Route 通道 ···································· 45
    18.2　Parking 停车 ··· 46
    18.3　Fine and Tow-Away 罚款、拖走 ························· 46

19 **Children 儿童** ··· 48

20 Pedestrian 行人 ·········· 50
20.1　Yield to Pedestrians 给行人让路 ·········· 50
20.2　Pedestrians Themselves 行人自己 ·········· 52

21 Push Button 过马路按钮 ·········· 53

22 Dead End 死胡同 ·········· 54

23 Blind Corner 盲区弯道 ·········· 56

24 Clearance 限高 ·········· 57

25 Parking 停车 ·········· 58
25.1　Parking Lot 停车场 ·········· 58
25.2　Street Parking 路面停车 ·········· 59
25.3　Fire Lane 消防通道 ·········· 60
25.4　Disabled 残疾人 ·········· 60
25.5　Customers 顾客 ·········· 62
25.6　Staff 员工 ·········· 62
25.7　Residents 居民 ·········· 63
25.8　Delivery Vehicles 送货车 ·········· 64
25.9　Compact Cars 小型车 ·········· 65
25.10　Low Emission, Carpool, Hybrid 低排量、拼车、混动车 ·········· 65

26 Crossing Guards 交通协警 ·········· 68

目 录

27 Do Not Enter 禁止驶入 ·················· 69

28 Towing 拖走 ·················· 70

29 Drink and Drive；Designated Drive 酒驾、代驾 ·················· 72

30 Gas 加油站 ·················· 73

31 Hybrid 混合动力车 ·················· 76

32 Trailer，RV 房车 ·················· 77

33 Culture of Plates 车牌文化 ·················· 78
  33.1　Common Plates 普通车牌 ·················· 78
  33.2　Nicknames of State 州别名车牌 ·················· 78
  33.3　State Features Plates 州亮点车牌 ·················· 80
  33.4　DP（Disable Person）残疾人车牌 ·················· 81
  33.5　Sayings and Mottos 名言名句车牌 ·················· 82
  33.6　Plate Around 车牌周边 ·················· 83

34 Freeway 高速公路 ·················· 85
  34.1　U.S. & Interstate Highways 国道、州际公路 ·················· 85

5

| 34.2 | State Highways 州内公路 | 90 |
| 34.3 | County Highways 郡内公路 | 93 |

35 Driving School 驾校 ········ 94

36 DMV 机动车辆管理局 ········ 96

37 Train 火车 ········ 99

38 Airliner 飞机 ········ 102

第二部分　旅游景点

1 San Francisco 旧金山 ········ 115
1.1	Golden Gate Bridge 金门大桥	115
1.2	Alcatraz Island 鹈鹕岛	121
1.3	Lombard Street 九曲花街	123
1.4	Castro Street 同性恋大街	125
1.5	Fisherman's Wharf 渔人码头	131
1.6	Pier 39　39号码头	132
1.7	Nature Preserve 自然保护区	138

2 Redwood Park 红杉树公园 ········ 140

目录

- 2.1 Signs 标牌 …… 140
- 2.2 Walking into the Tree 走进树里 …… 141
- 2.3 Ever-Living Trees 长寿树 …… 142
- 2.4 Father of the Forest 森林之父 …… 143
- 2.5 Mother of the Forest 森林之母 …… 143
- 2.6 Notices 告示 …… 144

3 Hollywood 好莱坞 …… 145

- 3.1 Hollywood Sign 好莱坞标识牌 …… 145
- 3.2 Walk of Fame 星光大道 …… 146
- 3.3 Parking 停车 …… 165
- 3.4 Fitness 健身 …… 166
- 3.5 Hotels 宾馆 …… 167
- 3.6 Inn 小饭店 …… 170

4 Gambling City 赌城 …… 172

- 4.1 Notices 告示 …… 172
- 4.2 Casinos 赌场 …… 174
- 4.3 Hotels 宾馆 …… 177
- 4.4 Sex 色情 …… 180
- 4.5 Nightlife 夜生活 …… 181
- 4.6 Taxi 出租车 …… 182
- 4.7 Chinatown 中国城 …… 183

5 Island in the Sky 天上岛 …… 185

- 5.1 Park Passport 游园护照 …… 185
- 5.2 Cactus in Bloom 仙人掌开花 …… 187
- 5.3 Colorado River 科罗拉多河 …… 188

6 Arches National Park 拱门国家公园 ········· 189
- 6.1 The Three Gossips 三女斗嘴 ········· 189
- 6.2 Tower of Babel 通天塔 ········· 190
- 6.3 Landscape Arch 风景拱门 ········· 190
- 6.4 North Window 北窗口 ········· 191
- 6.5 Delicate Arch 玲珑拱门 ········· 191
- 6.6 Petroglyph 岩画 ········· 192

7 Salt Lake City 盐湖城 ········· 194
- 7.1 2002 Winter Olympics 2002年冬奥会 ········· 194
- 7.2 Mormon 摩门教 ········· 195
- 7.3 Horse-Drawn Carriages 马拉旅游车 ········· 197

8 Yellow Stone 黄石公园 ········· 199
- 8.1 Birds and Animals 鸟、动物 ········· 200
- 8.2 Thermal Springs 地热泉 ········· 202
- 8.3 Firehole River 火洞河 ········· 208
- 8.4 Boardwalks 木板路 ········· 208
- 8.5 Grand Canyon 大峡谷 ········· 210
- 8.6 Old Faithful Inn 老忠客栈 ········· 211

9 Boulder MT 博尔德，蒙大拿州 ········· 214
- 9.1 Rodeo Events 骑牛马比赛 ········· 214
- 9.2 Sunshine Radon Health Mine 阳光氡气疗养地 ········· 217

第一部分
交通

— Traffic —

第一部分 交 通

Bikes 自行车

在美国，自行车并不是人们出行的主要交通工具。但是，在大街上、马路上会看到许多有关自行车的告示牌。

1.1　Bike Lane 自行车道

　　　　　　A　　　　　　　　　　　　　　B

照片 A 是马路旁的一个告示牌，上面红色文字的汉语译文是：任何时间都不许在此停汽车。绿色文字的汉语译文是：自行车道，只许自行车使用。

照片 B 也是马路旁的一个告示牌，上面文字的汉语译文是：自行车道。

这种自行车道也可以走行人，但自行车要给行人让路。而马路上画线的 bike lane 的车道上不许走行人。这是 bike route 和 bike lane 的区别。

3

　　　　　　A　　　　　　　　　　　　B
照片 A 中的 BIKE LANE 写在地面上。照片 B 中的自行车道用的是图示。

照片是一条马路，路旁有一个告示牌，牌上的文字是 BIKE ROUTE TO DOWNTOWN（到市中心去的自行车道）。

　　　　　　A　　　　　　　　　　　　B
照片 A：自行车大道，表示这条街道是自行车使用的。不过，汽车也可以驶入。这些汽车多数是居住在这条街道上的居民的，或是往来亲朋好友的。对汽车的要求有二：一是慢速，二是给自行车让路。boulevard 指大道。

照片 B 中图文的意思是：自行车道，禁止泊车。P 指 Parking（泊车）。

上图照片是一座小桥和桥头上的告示牌，牌上英语的汉语译文是：自行车小道，机动车、机动自行车禁止进入。

　　　　　　　　　A　　　　　　　　　　　　B

照片 A 是一座小桥上的告示牌。小桥上有两条通道，右边的一条走行人（PEDESTRIANS ➡），左边的一条走自行车（⬅BIKES）。pedestrian 指行人。

照片 B 中英语的汉语译文是：骑自行车的人可以使用，但要格外小心。

想去美国？先看懂这些照片

上图路旁的杆子上有两个告示牌。上面是黄色的，下面是白色的。上面黄色的汉语译文是：此街不通。下面白色的汉语译文是：前面有行人/自行车小桥 桥上禁行机动车和摩托车。

1.2　Push Button 过路按钮

　　　　A　　　　　　　　　B

骑自行车过路口时，要注意红绿灯。如果遇到红灯，要按一下路旁的按钮，等待对面出现可以通过的信号时，才可通过。照片 A 中英文的汉语译文是：自行车通过按钮。有的路口，这种标识不用文字，只用图示，如照片 B。

第一部分 交 通

A   B

不是每个路口都有自行车通过按钮装置。有的可能用其他的标识，如照片A。照片A中的文字见照片B，汉语译文是：绿灯通行，请等候。

1.3　Walk Bikes 自行车，推着走

A   B

照片A是一个桥梁涵洞入口处的两个告示牌。上面牌子中的文字是 DISMOUNT ZONE（在此下车）。下面的文字是 WALK YOUR BIKE（自行车，推着走）。涵洞通道的上面是火车道。dismount 指下（车），下（马）。zone 指地带。

照片B是一个自行车、行人的地下通道，通道上面走火车。通道上方有两个告示牌。白色的是 WALK BIKES（自行车，推着走），黄色的是 CAUTION BICYCLE BARRIER IN UNDERPASS（小心：地下通道里有自行车路障）。黄色标

7

识很重要，因为不少人会不下自行车，不减速地冲进地下通道，撞向钢管路障，很危险。地下通道里有自行车路障，迫使骑车人下车，推着自行车绕着路障前进。

词汇学习

●walk 带着……走。walk 通常是不及物动词，词义是"走路"。但是，walk 也可以是及物动词，表示"带着……走"。如：

walk a dog 遛狗

walk a bike 推着自行车走

walk the children to school 带着孩子，步行上学

● underpass 地下通道。

A　　　　　　　　　　　　　　B

照片 A 是路旁的一个告示牌：Bike BRIDGE TO BAYLANDS（自行车天桥，通往湾区荒野地。）

照片 B 就是这个自行车天桥，由铁丝网封闭，桥下是一条高速公路，桥入口上方有一黄色告示牌，上面的文字是 WALK BIKES（自行车，推着走）。

第一部分 交通

1.4　Cycles Prohibited 自行车禁止进入

　　照片是一条小水渠上的一座小桥，入口处有一个告示牌，牌上文字的汉语译文是：自行车、机动自行车禁止驶入。

A　　　　　　　　　　　　B

　　照片 A：行人、自行车、机动自行车禁止进入。照片 B：商业区的便道上，禁止骑自行车。

1.5　Parking 存车处

　　　　　　A　　　　　　　　　　　　　　B

照片 A 是停放自行车的告示牌，P 表示 Parking（停放）。照片 B 是一个教堂区停放自行车的告示牌。进出这个教堂区有两个汽车道，一个是 ENTRANCE DRIVEWAY（入口车道），一个是 EXITING DRIVEWAY（出口车道）。照片 B 中文字的译文是：还有一个自行车停放处，在靠近中田路的出口车道旁。RD = Road。driveway 是指从大马路拐进一个住宅、建筑物的汽车道。

　　　　　　A　　　　　　　　　　　　　　B

照片 A 是繁华路口的一个弧形自行车存车架。照片上红色圆形的告示牌上的文字是：bike arc A MODULAR BIKE PARK SYSTEM TM（弧形停放架，组装式自行车停放架商标。）TM = Trade Mark 商标。

在繁华街头或是空间拥挤的地方，经常看到这种 bike arc，不仅可以节省空间，也具有美观的造型，构成一道城市风景线，如照片 B 所示。

1.6　Helmet 头盔

　　　　　　A　　　　　　　　　　　　　　B

在美国，骑自行车务必戴上头盔，既是为了自己安全，也是交通法规的要求。如果不戴头盔，被警察发现，就会遇到麻烦。马路、大街、公路上，你看不到不戴头盔骑自行车的人，大人、小孩无一例外。

照片 A 中的文字是 HELMETS RECOMMENDED（提醒您戴上头盔）。helmet 指头盔。

照片 B 是一个没有文字的告示牌，警告不戴头盔会发生危险。

想去美国？先看懂这些照片

Bus 公交车

美国的公交车不发达，乘坐公交车的人不多，半个小时、几十分钟来一趟车是常事。但是，你可以在公交车站打免费电话问一下，下一趟经过这个车站的公交车是几点几分，甚至几秒钟，都会得到答复。

骑自行车的人可以把自行车放到所乘坐的公交车上。中国的公交车似乎还不可以。

美国以及欧洲许多国家，对残疾人、老年人、儿童的照顾可谓无微不至。比如公交车的车门处设有专为残疾人上车的装置——kneeling bus ramp（跪迎坡）。

2.1　Bus Stop 公交车站

A　　　　　　　　　　B

照片 A 是一个公交车站。车站有一个长椅，旁边有一个垃圾桶。照片 B 是站牌，上面文字的汉语译文是：Sam Trans 280 开往 Purdue；Fordham 281 开往 Onetta Harris Center；297 开往 Redwood City Transit Center 397 开往 San Francisco。拨

第一部分 交 通

打电话 511，询问发车时间。本站代码 347064。

这是一个夜间班车站，从半边是黑色的设计也能形象地看出来。

2.2　Bike Racks 自行车架

　　　　　　A　　　　　　　　　　　　　　B

　　照片 A 是一辆公交车上的自行车架，上面放着两辆自行车。这个架子可以伸缩，可以放多辆自行车。照片 B 是一个乘客正在往车架上安放自己的自行车，放好后即可上车了。

　　公交车车厢外的自行车架叫 bike racks。

2.3　Kneeling Bus Ramp 跪迎坡

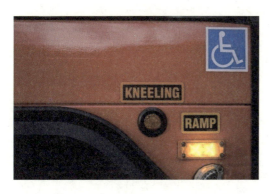

　　　　　　A　　　　　　　　　　　　　　B

　　照片 A 中的文字是 KNEELING　RAMP（跪下　斜坡）。照片 B 中的文字是

13

KNEELING BUS　RAMP（跪迎式公交车　斜坡）。

　　kneel作名词是"膝盖"的意思，作动词是"跪下"的意思。kneeling是动词变化来的动名词，表示"跪下"的动作。Kneeling Bus Ramp的含义是公交车上装有像人跪下迎接乘客上车的斜坡。

　　　　　　A　　　　　　　　　　　　　　　　B

　　照片A显示的是Kneeling Bus Ramp（跪迎坡）。照片B是一个残疾人正在使用跪迎坡。

　　当司机看到有残疾人在等车时，会主动放出跪迎板。如果司机没看到有残疾人等车，就不会主动放出跪迎板。如果有乘客，如老年人（the elders），上车有困难时，可以按一下车厢上的按钮，向司机提示请求，司机就会放出跪迎板。

第一部分 交 通

Share the Road 共用车道

Share the road 和 share the lane 意思一样，都是自行车和汽车共用车道。

共用车道地面上的标识有时有分隔线，有时没有。不过，即使有分隔线，也可以串道。

A

B

有的道路，自行车和汽车共用，如照片 A 中路旁的告示牌。告示牌上图文的汉语意思是自行车和汽车共用道路。

有的自行车、汽车共用道路不用告示牌，而是在路面上画一辆自行车，再加两个白色双箭头标识。照片 B 中的绿色车道表示共用车道，上面有一个白色的双箭头和一辆自行车。即使没有双箭头和自行车表示，这种绿色车道也表示自行车、汽车共用。有一个英语单词 sharrow 表示这种双箭头标记。

sharrow 是 shared-lane arrow（共用车道箭头）的合成词，目前还没有被收入传统的词典中，但已被广泛使用。sharrow 标记也叫 shared-lane markings。

15

Stop，Yield 停车让行、减速让行

4.1　Stop 停车让行

在没有红绿灯的路口，经常看到八角形的红牌子上有个大字：STOP（停止）。什么意思？停在这里，不让再走了？不是的。此处 stop 的含义是：一停二看三通过，停车让行。其中的"停"是强制的、必需的：must make a full "STOP"。

你会经常在路口看到，开车人停下来，等着还未到路口的行人。行人给开车人摆手让他先走，他也不动，非等你过去，他才开走。

照片右侧红牌子上的文字是 STOP（一停二看三通过，停车让行）。照片左侧黄牌子上的文字是：CAUTION DRIVE SLOWLY（注意，慢开。）

第一部分　交　通

A　　　　　　　　　　　　　　　　　　　B

　　照片 A 中的文字是 STOP　3-WAY（停车让行　三岔路口）。3-WAY 的意思是：3-way intersection 三岔路口，包括丁字路口。

　　照片 B 中的文字是 STOP　4-WAY（一停二看三通过　十字路口）。从照片上可以看到，3 个路口的汽车都自觉停下来，等几个骑自行车的人先过。车让行人是美国交通的基本原则。

　　4-WAY 的意思是：4-way intersection 十字路口。超过 4 条以上的多路路口，叫 all -way。4 条路的路口也有用 all -way 告示牌的。

　　这种交通牌子时常出现在没有红绿灯的三岔路口、十字路口。不管那条路过来的车辆，都要在这个牌子下一停二看三通过。

　　通常的规则是：1）先到的先过。2）同时到的，右侧的先过。3）对面不打转向灯的先过，打转向灯的后过。4）转向的让直行的先过。

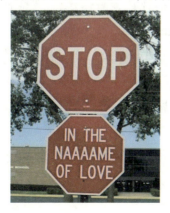

A　　　　　　　　　　　　　　　　　　　B

　　照片 A 中文字的汉语译文是：停车让行。爱的召唤。NAME 艺术化写成了

17

NAAAAME。

照片 B 是一个路口的两个告示牌。上面红色牌子文字的汉语译文是：停车让行。下面黄色牌子文字的汉语译文是：过往车辆不停——你前面横向的过往车辆不停。这种牌子常出现在干道和支路交叉处，提醒支路车辆注意：前面干道上的车辆路过此路口不停车。在进入高速公路的支路上也可见到这样的牌子。干道：arterial road / big road。支路：side road / small road。

4.2　Yield 减速让行

A　　　　　　　　　　　　　　B

照片 A 中就一个单词 YIELD，意思是礼让，减速让行。"减速让行"不是强制的、必需的，但…be ready to stop, if necessary, to let any vehicle, bicyclist, or pedestrian pass before you proceed. （必要时，时刻准备停车，让任何车辆、骑自行车的人、行人过后，你再过。）

照片 B 中，可见一个丁字路口，主路上的一辆黄色 school bus（校车）刚刚直行通过。减速让行的牌子 Yield 是对着支路的。

在英国（UK）也有类似的牌子，不过上面不是 yield，而是英国英语 give way。如以下照片 C、D 所示。

第一部分 交 通

　　　　　　　　C　　　　　　　　　　　D
　　照片C中可见两个女孩子脚下有条路，那是从一个小山坡上下来的一条小路，此处是小路的尽头，右边不远就是一条主路。倒三角形牌子是对着小路的，上面文字的汉语译文是：减速让行。照片D中可见一个更加清楚的类似的牌子。

19

想去美国？先看懂这些照片

One Way 单行道

交通告示牌上用 One Way 表示单行道，一般英语水平的人都会看懂。可是，告示牌上写的是 Jesus（耶稣），什么意思？这里面有深层次的美国文化知识。

A

B

照片 A：ONE WAY（单行道）。箭头所指方向是单行道。照片 B：WRONG WAY　ONE WAY（左行错　右行单行道）。箭头所指方向是单行道。箭头相反方向，禁止驶入。

A

B

照片 A 上方白色牌子上的文字是：JESUS IS THE ONLY ONE WAY JOHN 14：6（耶稣是唯一的单行道　约翰福音 14：6）。其中黄色的 ONLY 把黑色的 ONE 遮盖。

照片 B 中单行道的牌子是一个木制大箭头，牌子上的文字是：The Way The

Truth The Life（道路 真理 生命）。"THE WAY THE TRUTH THE LIFE"是《圣经》约翰福音 14: 6 中的文字。

单行道为什么和耶稣连在一起？约翰福音 14: 6 说的是什么呢？

约翰福音 14: 6 的文字是："I am the way, the truth, and the life; no one goes to the Father except by me."（耶稣说："我就是道路、真理、生命；不跟着我走，没有人能到达天父那里。"）意思是：想上天堂，只有一条路——单行道。来，跟我走。

把单行道和耶稣连在一起的告示牌，并不是官方制作的规范的交通告示牌。有的出自民众之手，有的是涂鸦，它只是民间文化意识的反应。

美国是一个圣经文化很深厚的国度。In GOD We Trust（我们相信上帝）是美国国家座右铭（National Motto）。

对于无神论者，只要知道民间会用 JESUS 表示单行道即可，不必深究，不必感到别扭。就像自己"公元"哪年出生，不必深究自己和耶稣有关——出生在耶稣年代。公元的英语是：the era of Jesus（耶稣的年代）或 Christian era（基督的年代）。

想去美国？先看懂这些照片

Detour 绕行

道路上的绕行标识文字有多种表达，如 detour，diversion，diverted traffic 等。detour 和 diversion 意思一样。detour 美国英语，diversion 英国英语。

　　　　　A　　　　　　　　　　　　B

照片 A 中的文字意为"绕行"。照片 B 中的文字意为"道路关闭，绕行"。

　　　　　A　　　　　　　　　　　　B

　　照片 A 中红牌子上的文字是 ROAD CLOSED（道路关闭），黄牌子上的文字是 DIVERTED TRAFFIC（绕行）。

　　照片 B 中的文字意为"绕行，此路不通"。意思是前方可能道路施工，施工现场切断了这条路的交通。你可以越过这个牌子向前走一段，但是过不去施工现场，到达不了另一条路。THRU ＝ through。

第一部分 交通

Traffic Circle 环行岛

前方有环行岛，会有环行告示牌提示。牌子上有环行标志和限速规定等文字。

　　　　A　　　　　　　　　　　　　　B

照片 A 中的文字是 TRAFFIC CIRCLE（交通环行）。文字上方是由三个弯形箭头组成的图案，表示环行。

照片 B 上的文字意为给环行线上的汽车让路。意思是说，未驶入环行线的汽车要给在环行线上行驶的汽车让路。可是，在牌子的最下方有人涂鸦，手写了 OF LIFE。IN CIRCLE OF LIFE 人生轮回。

23

8 Work 道路施工

  交通道路施工随时可能遇到，施工现场的前后都会有告示牌。告示牌上的文字多种多样，常见的有 ROAD WORK，WORK AREA，WORK，ROAD CONSTRUCTION，CONSTRUCTION IN PROGRESS 等。

       A   B

  照片 A 中的文字是 ROAD CONSTRUCTION AHEAD（前方道路施工）。照片 B 中的文字是 ROAD WORK AHEAD（前方道路施工）。

       A   B

  照片 A 中的文字是 WORK AREA AHEAD（前方地带施工）。照片 B 是施工现场。红色的交通锥把现场和外面隔离开来。traffic cones 交通锥。

第一部分 交通

 **Turn 转弯**

在大街上经常会看到左转、右转、掉头之类的告示牌。

　　　　A　　　　　　　　　　B

照片 A：禁止左转。照片 B：禁止左转。周一至周五的上午 8：00－8：30，下午的 2：30－3：15。公交车除外。

　　　　A　　　　　　　　　　B

照片 A：只许右转弯。照片 B：注意右转弯的车辆。

25

A　　　　　　　　　　　　B

照片 A 中的文字自上至下是 TURNING VEHICLES YIELD TO…（左转弯的车辆注意给行人让路）。照片 B 的文字：禁止掉头。

第一部分 交通

 **Red Light 红灯**

闯红灯是要罚款的，而且罚得很厉害。

"闯红灯"英语可以说 red light violation，或 red light running。"闯红灯"的人是 red-light runner。

　　　　A　　　　　　　　　　　　B

照片 A 中文字的汉语译文是：闯红灯，最低罚款 281 美元。照片 B 中红色牌子上文字的汉语译文是：人行横道，红灯亮时，在此等候。pedestrian crossing 也叫 pedcrossing 或 crosswalk，而英国多用 zebra crossing（斑马线），意思一样。

　　　　A　　　　　　　　　　　　B

27

想去美国？先看懂这些照片

　　照片 A 中有一个白色的牌子，牌子上有一个图：红色的圆中间一杠，表示禁止。图上的黑色文字的汉语译文是：闯红灯，执法监控区。图文结合的意思是禁止闯红灯。

　　照片 B 也是图文结合的标牌：STOP 中的字母 O 被一个红色的巴掌代替，巴掌中的掌纹是一个黑色的环形线，既像掌纹，又像字母 O。竖起的巴掌表示阻止某种行为。因此，图文的意思就是禁止闯红灯。

第一部分 交通

Speed Limit 限速

　　　　　　A　　　　　　　　　　　　B

　　照片 A 的右边是个公园，公园旁边是一所小学校。公园里有足球场、踏板场、轮滑场等少年儿童的运动场地，孩子们经常聚集在那里运动。牌子上的文字是：SCHOOL LIMIT 25　WHEN CHILDREN ARE PRESENT（此处有学校，限速 25 英里/小时。孩子们在此出现时。）

　　照片 B 中有两个牌子，上面的文字是 SPEED LIMIT 25（限速 25 英里/小时）。下面绿色牌子上的文字是 YOUR SPEED（你的车速）。绿色牌子下部是个电子屏幕，当你开车快要到达时，屏幕上会显示你的车速。如果你超过了每小时 25 英里，就会记录在案，你就准备挨罚吧。

29

Merge 并道

A

B

照片 A 左下角地面上可见白色的箭头，指向左方，那是并道的标志。路旁的杆子上有两个牌子。上面红色牌子上的文字是：NOTICE UNIVERSITY AVE WILL BE CLOSED SATURDAY MAY 3 6AM TO NOON（告示：5月3日星期六早上6点至中午，大学路关闭。）下面黄色牌子上的文字是：LANE ENDS MERGE LEFT（本车道到此为止，并入左侧道。）merge 并入，并道，合并。

照片 B 中的文字意为依次交替并道。下方的圆牌子上的 40 表示限速 40 英里/小时。

第一部分 交 通

           A   B

    照片 A：像拉链的链齿那样，依次交叉驶入。照片 B 中大红牌子上的文字意为：前面并道，要像拉链的链齿那样，依次交叉驶入。zip 和 zipper 都是拉链的意思，zip 英国英语，zipper 美国英语。

31

13 HOV Lane 多乘员车道

　　HOV lane 也叫 carpool lane（拼车车道），diamond lane（菱形车道）。HOV lane = high-occupancy vehicle lane，HOV 是 High Occupancy Vehicle 3 个单词的首字母缩写，意思是多人乘坐的车辆。

　　在高速公路或大马路上，有时会看到这种车道。能使用这条车道的车是有限制的，通常为公交车、2 人以上的拼车、大巴车等。

　　HOV lane 的标识是菱形。

　　HOV lane 通常在上下班高峰期施行，其他时间别的车也可以使用，不同地区的规定不一。上路的车辆要小心，弄清楚这种车道的使用时间。如果误入 HOV lane 会被罚款。

A　　　　　　　　　　　　　　B

　　照片 A 中，牌子上方是个菱形——HOV 车道的标志，牌子中的文字是：HOV 2＋ONLY 6：00AM－9：00AM　MON－FRI（多乘员车，车内 2 人或 2 人以上方可使用。早上 6 点至上午 9 点，周一至周五）。"2＋"表示车内人数 2 人或 2 人以上。

　　照片 B 中的文字是：CARPOOLS ONLY　2 OR MORE PERSONS PER VEHI-

CLE（只许拼车使用，每辆车内要有 2 个或 2 个以上的人）。

　　carpool = car pool。两种写法都对，只要不理解成开着汽车去游泳池就好。

　　carpool 还可以是动词。例如：

She carpools to work every day with her neighbor. 她每天和邻居拼车去上班。

拼车的人叫 carpooler。

　　　　　　　　　A　　　　　　　　　　　　　　B

　　照片 A 中的汽车上贴了一个含有菱形的绿色标志，表示可以使用 HOV 车道。标志上的文字是：ACCESS OK　CALIFORNIA　CLEAN AIR VEHICLE（可以驶入 HOV 车道　加利福尼亚　排出清洁气体的汽车）。有了这个绿色标志就可以驶入 HOV 车道了，但是要花 1200 美元去买这个标志。

　　照片 B 是高速公路边的一个牌子，上面文字的汉语译文是：多乘员车道，违反者最高罚款 200 美元。

想去美国？先看懂这些照片

14 Hitchhike 搭车

路上开车，有时会看到路旁要求搭车的人。有的人确实遇到了困难，有的不一定。搭车人是好人还是坏人，开车人要判断准确。好人，可以帮助；坏人，不要搭理他（她）。无论是搭车人还是开车人，都有被伤害的报道，尽管很少很少。

对于搭车，美国 50 个州的规定不一样，但绝大多数州是容许的，是合法的。

A   B

照片 A 是请求搭车的标准手势。照片 B 中女孩子在请求搭车，右手做手势，左手拿着一张纸，上面写的是去哪里：L. A.（Los Angeles 洛杉矶）。

A   B

照片 A 中，搭车者左手拿的牌子上写着他要去的地方：FLORIDA（佛罗里达)。

照片 B 中的搭车者是个年轻人，两手拿着一个牌子，上面的文字是 ANY-WHERE BUT HERE（离开这儿，去哪都行）。

A   B

照片 A 中有两个告示牌，上面的是绿色，牌子上的文字是 STATE PRISON NEXT EXIT（州监狱，下一个出口）；下面的是黄色，牌子上的文字是：DO NOT PICK UP HITCHHIKERS（不要让搭车人上车。）告示牌旁边站着一个人，右手做出要求搭车的手势，左手拿着一个牌子，牌子上写着：WILL NOT KILL YOU（不会杀害你。）照片 B 中牌子上的文字是：HITCHHIKERS MAY BE ESCAPING INMATES（要求搭车的人可能是逃犯。）inmate 犯人。hitchhike 搭车。hitchhiker 要求搭车的人。

想去美国？先看懂这些照片

Ramp 斜坡

不管是开车，还是徒步，出行总会遇到斜坡。

15.1　Common Ramp 常见斜坡

　　　　　　　A　　　　　　　　　　　　　　B

　　照片 A 是一家犹太人综合健身运动场的停车场，停车场的边上是一个斜坡，通向第一层平台 Level 1。于是，墙壁上的文字是：←Ramp to Level 1（斜坡通向一层平台）。

　　照片 B 中文字的汉语译文是：小心，斜坡路滑，抓住扶手。

36

15.2　Handicapped Ramp 残疾人坡道

A　　　　　　　　　　　　　　B

照片 A 的牌子上有人涂鸦，但无恶意，蓝色文字的汉语译文是：残疾人坡道。照片 B 中图文的汉语意思是：残疾人斜坡通道。

15.3　Traffic Ramp 交通坡道

进入高速公路的支路，往往不是上坡就是下坡。为了交通安全，在坡道支路入口前设有自动电子监测设施 ramp meter（坡道监控器）。它能根据高速路上的路况，控制支路上车辆的放行、停止。这种坡道监控器一般不是 24 小时工作，不工作时，驾驶员自行观察进入高速路。

A　　　　　　　　　　　　　　B

照片A是进入高速路前的一段支路。路旁告示牌上文字的汉语译文是：交通灯闪烁时，坡道监控在运行。照片B中文字的汉语译文是：绿灯亮一次，每条车道放行2辆车。

15.4 Escape Ramp 避险坡道

下坡时，有时会看到一段上坡的支路，这是escape ramp（避险坡道）。下坡时，如果车闸失灵，汽车无法控制，会加速飞奔向下冲。当司机看到路旁有避险坡道标志时，他就会把车转向避险坡道，从而避免悲剧的发生。避险坡道上通常会铺上摩擦力大的沙子。

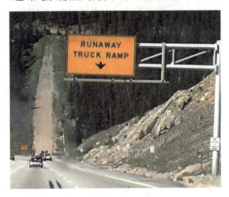
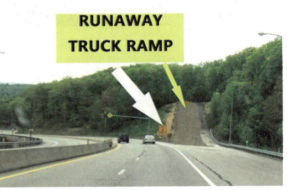

A   B

照片A中，下坡公路的路边有一个悬在空中的告示牌：RUNAWAY TRUCK RAMP（避险坡道）。runaway失控的，truck卡车，ramp坡道。虽然告示牌上写的是truck（卡车），但是任何车辆失控后都可使用。

照片B中也有一个上坡的避险坡道，但告示牌没有悬挂在公路上方，而是置于坡道入口处，即白色箭头所指的地方。黄箭头所指的就是避险坡道。

15.5 Boat Ramp 船只坡道

船只下水或拖到岸上来，都需要一个坡道。

第一部分 交 通

A　　　　　　　　　　　　　　　　B

照片 A 是一个船只坡道。照片 B 中文字的汉语译文是：公用船只坡道。德克萨斯公园和野生动物局。

Bump, Hump, Lump
减速带、减速台、减速垫

交通减速带其实有三种,而且各有各的英语名字:bump,hump,lump。没有完全对应的汉语,作者将其分别叫作减速带、减速台、减速垫。

16.1　Speed Bump 减速带

A　　　　　　　　　　　　　B

照片A:SLOW SPEED BUMP(慢行减速带)。照片B显示的是一辆汽车的前轮正压在一个减速带上。这种减速带通常为黄黑相间,用钉子固定在地面上,宽度不会超过汽车轮子的直径。

16.2　Speed Hump 减速台

第二种减速带是speed hump,可以叫减速台。它不同于bump:1)筑路时修筑,不用钉子钉在地面上。2)用白条标记,不是黄、黑相间的条状。3)比bump要宽。4)坡度较缓和,不像bump那样突然陡起。但是,在实际标识中,

hump 和 bump 有时也不分。

A   B

照片 A 中的文字是 HUMP（减速台），文字的前面就是这种 hump 减速台。照片 B 中路旁的杆子上有两个牌子。上面的是减速台标记，下面的文字是 SPEED HUMP（减速台）。但是，hump 这种减速台也用 bump 表示。见以下照片 C、D。

C   D

照片 C 中，黄色牌子上写的是 BUMP，可是路上的减速带和 hump（减速台）一样。照片 D 中，地面写着 bump（减速带），可是实物是 hump（减速台）。

16.3　Speed Lump 减速垫

第三种减速带叫 speed lump，和前面的 bump，hump 不同：1）中间有缺口。2）公交车、校车、救护车、消防车不限速。3）小汽车限速。

两个缺口之间的宽度大于小汽车两个轮子之间的宽度，所以小汽车只好减速。两个缺口之间的宽度正好是公交车等两个轮子之间的宽度，所以这些特种车辆不用减速，即可通过减速带。这种减速带又叫 speed cushion（减速垫），因为断开的隆起部分像是坐垫。

A　　　　　　　　　　　　　　　B

照片 A 文字的意思是"减速垫，时速 15 英里"。从照片 B 中可以看到，大型车的轮子不受减速垫的影响，可以正常通过减速垫。

C　　　　　　　　　　　　　　　D

从照片 C 中可以看到小汽车的轮子宽度不够，必须从 speed lump（减速垫）上减速驶过。照片 D 中，减速垫的隆起部分上画的是黄条，旁边的绿色牌子有个黑色箭头，指向减速垫，文字是 SPEED CUSHION（减速垫）。cushion 垫子。这个叫法好！一块块隆起的部分还真像是一个个坐垫。

第一部分 交通

Xing 横过

Xing = crossing。X = cross（穿越），同时形象地表示交叉。ing 表示进行时。因此，XING 的意思是：注意，你的前方可能有行人、自行车、动物等横过这条路。

              A   B

照片 A 中，绿色牌子上的图案和文字表示前方可能有骑自行车的人横过马路，开车小心。照片 B 中，绿色牌子和文字表示前方可能有行人横过马路，开车小心。XING = crossing。

43

照片 A 黄色牌子上的文字是 PED XING（行人横过）。PED = Pedestrian 行人。XING = crossing。这样的告示牌提醒驾驶员，前方可能有行人横过马路，驾驶小心。

照片 B 中的文字表示有老年人横过。这样的告示牌提醒驾驶员，前方可能有老年人横过马路，驾驶小心。

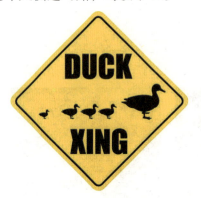

照片 A 的告示牌表示前方可能有野鸭子横过马路，小心驾驶。照片 B 中的文字是 BISON XING（北美野牛横过）。

第一部分 交 通

Disabled 残疾人

残疾人应该得到社会的关爱。谁要是触犯了残疾人的利益，会受到严厉的处罚。

18.1　Accessible Route 通道

　　　　　A　　　　　　　　　　　　　　B

照片 A 中，图文的汉语意思是残疾人通道。照片 B 中告示牌的图文意思是残疾人坡道。

18.2　Parking 停车

A　　　　　　　　　　　　　B

照片 A 中整个画面的汉语意思是残疾人存车在地面一层。照片 B 中告示牌的顶部 P = Parking。整个画面的意思是只许残疾人存车，亮明许可证。DISPLAY PERMIT 亮明许可证。

18.3　Fine and Tow-Away 罚款、拖走

A　　　　　　　　　　　　　B

照片 A 中，整个画面图文的汉语意思是：此处存车，须持有车管局残疾人

许可证。违放车辆将被拖走——依据俄勒冈州修正法案 811.620 条款。罚款可达 450 美元——依据俄勒冈州修正法案 811.615 条款。D. M. V. = Department of Motor Vehicles 机动车辆管理局。ors = Oregon Revised Statutes 俄勒冈州修正法案。

照片 B 中，整个画面图文的汉语意思是：残疾人专用存车处，任何未经授权、牌照不清晰，或没有颁发给残疾人的告示牌的车辆将被拖走，拖车费用车主自负。

A   B

照片 A 中有一个告示牌，牌子上的文字见照片 B，文字的汉语译文是：没有颁发给残疾人的标识、车牌的车辆不许停在残疾人专用车位。违放车辆将被拖走，拖车费车主自负。拖走的车可以找回。拨打电话 329 – 2406。

19　Children 儿童

　　　　　　A　　　　　　　　　　　B

照片A是一座小桥的桥头，过了小桥就是一所小学。桥头上有很多告示牌，其中黄色牌子上的文字见照片B，汉语译文是：为了孩子，请减速慢行。前面有学生横过。

　　　　　　A　　　　　　　　　　　B

照片A、B都是交通协管员在保护孩子过马路，指挥交通。有孩子通过时，她们会举起STOP红色牌子，所有车辆都要停车，包括警车。

照片B中的马路上临时放置了一个可移动的测速装置。上部的文字是SCHOOL ZONE（学校路段），下面的文字是SPEED LIMIT 15（限速15英里）。

红色数字 13 是驶来车辆的时速显示。

　　　　　　　　A　　　　　　　　　　　　　　B

　　照片 A 中黄色牌子上的文字是 DEAF CHILD（聋哑孩子），白色牌子上的文字是：WARNING　NEIGHBORHOOD WATCH　WE CALL THE POLICE（警告：居民相互守望，我们会叫警察。）是警告不法分子的。

　　照片 B 中文字的汉语译文是：前面有聋哑和失明孩子横过。XING ＝ crossing。

　　　　　　　　A　　　　　　　　　　　　　　B

　　照片 A 是一个小学运动场外面的告示，上面的文字是 Drive Carefully　Our children are walking, biking and playing here.（慢开！我们的孩子们在散步、骑自行车、玩耍。）

　　照片 B 中文字的汉语译文是：请慢开。我们爱我们的孩子们。其中的红心表示 love。

想去美国？先看懂这些照片

Pedestrian 行人

行人优先，给行人让路。这种理念不仅反映在交通法规的制定中，也融入了人们的行动中。当行人和汽车相遇时，汽车总是让行人。甚至有时汽车先到了路口，而行人距路口还有几米、十几米远，汽车也会停下来，等你先过。有时为了不让司机久等，行人就会加快步伐通过路口，以体现对彼此的尊重。

20.1　Yield to Pedestrians 给行人让路

A　　　　　　　　　　　　　B

照片 A 上文字的译文：注意观察行人。照片 B 上文字的译文：给行人和骑自行车的人让路。yield 让路。yield to 给……让路。红色的倒三角（一角朝下）表示礼让警告。

第一部分　交　通

　　　　　　A　　　　　　　　　　　　　B
　　照片 A 上文字的译文：注意，前面有行人横过马路。照片 B 上文字的译文：转弯的车辆必须给行人让路。

　　　　　　A　　　　　　　　　　　　　B
　　照片 A 整个画面的意思是前方有行人。照片 B 整个画面的意思是：根据州法律，给人行横道内的行人让路。

51

20.2　Pedestrians Themselves 行人自己

　　　　　A　　　　　　　　　　　　　　B

照片 A 上文字的译文：注意观察，小心汽车。照片 B：CAUTION! PLEASE PASS WITH CARE（注意，自行车和汽车共用车道，过马路要小心。）

　　　　　A　　　　　　　　　　　　　　B

照片 A 上文字的译文：交通繁忙地段，过往行人小心。照片 B 是一个加油站旁边的牌子，上面的文字的汉语译文是：禁止行人穿越，请走人行横道。

第一部分 交 通

Push Button 过马路按钮

站在路口，你会经常看到行人在按按钮、等待、看信号、通过。即使路口周围远远不见车辆，等候的行人也不违规穿越马路。君子慎其独也。

A

B

照片 A 中文字的译文：过街 按按钮 等候通过信号。照片 B 中的牌子上有四个方格，从上至下：

第一个方格的画面意思是行人可以通过。行人图标右边的文字是：<u>START CROSSING</u> Watch For Vehicles（起步过马路，注意观察车辆。）

第二个方格中有两个画面。第一个画面的意思是手掌闪烁不要起步，但是已经过了，就继续前进。手掌下面的文字是 FLASHING（闪烁）。手掌右边的文字是：<u>DON'T START</u> Finish Crossing If Started（不要起步，如果已经进入人行横道了，就继续前进。）

第二个画面是时间显示。屏幕上显示的是 18，表示过街时间还剩 18 秒。屏幕下面的文字是 TIMER（计时器）。屏幕右边的文字是：TIME REMAINING To Finish Crossing（剩余时间走完过街。）

第三个方格的画面意思是不能通过。手掌上面的文字是 STEADY（保持不动）。手掌右边的文字是 DON'T CROSS（不能通过）。

第四个方格中的文字是 PUSH BUTTON TO CROSS（过街请按按钮）。

53

想去美国？先看懂这些照片

Dead End 死胡同

dead end 的意思是死胡同。Not a through street（此街不通）也是死胡同的意思，而且在美国比 dead end 似乎用得更多些。

dead end 还表示类似的词义：此路不通，到此为止，前方没有出口。

表示死胡同的词汇有许多，如 dead end, not a through street/ road, closed, no exit, court, cul-de-sac 等。但是，它们使用的频率、地区有区别。

照片中黄色牌子上的文字是 DEAD END（死胡同）。牌子后面是一条小街道，死胡同，进去后没有出口，还得折返回来。

A　　　　　　　　　　B

54

第一部分 交 通

照片 A 中的文字是死胡同。私人道路，谢绝推销，禁止擅入。照片 B 中的文字是：NOT A THRU ROAD　YOUR GPS IS WRONG! DEAD END（此路前方无出口，你的 GPS 出故障了！此路不通。）THRU = through。GPS = Global Positioning System 全球定位系统。

A　　　　　　　　　　　　　　　　B

照片 A：此路到水边为止。标识的旁边是一条小路，小路的尽头就是水边。照片 B 中牌子上的文字是 72 ^{ct}（第 72 死胡同街）。ct = court（死胡同）。用 court 牌子标识死胡同不多见，但是在文字中常见，尤其是通信地址中如果有 ct，说明这户人家居住在一个死胡同街。

55

想去美国？先看懂这些照片

23 Blind Corner 盲区弯道

　　blind corner（盲区弯道）就是看不见对面驶来的车辆的弯道。在居民区或野外常见到 blind corner（盲区弯道），但是有的有标识，有的没有。因此开车尤其要小心。

　　　　　A　　　　　　　　　　　　　　B

　　照片 A 是在一个居民小区的入口处钉在地面上的一个告示牌，意思是盲区弯道，限速，时速 5 英里。Mph ＝ Miles Per Hour。照片 B 是郊外的一个盲区弯道，没有标识。

　　　　　A　　　　　　　　　　　　　　B

　　照片 A 中文字的意思是慢速，盲区弯道，行进小心。PROCEED 的意思是前进，行进。照片 B 是一个风景区的 blind corner，没有标识。

第一部分 交通

Clearance 限高

这是居民区路口的一个限高告示牌，照片上文字的汉语译文是：限高 7 英尺。

A B

照片 A 是一个停车场的入口，上方文字的汉语译文是：入口，限高 8 英尺 2 英寸。照片 B 是一座楼的入口处，表示限高 6 英尺。

想去美国？先看懂这些照片

Parking 停车

停车，不仅有许多限制和要求，如路边、消防通道、员工、居民、送货，还有许多优惠空间，如残疾人、环保车（小型车、低排量、拼车、混动车）。

25.1　Parking Lot 停车场

A　　　　　　　　　　　　B

照片 A 中的文字的汉语译文是：停车场已满，教堂旁边还有一个停车场。

照片 B 中文字的汉语译文是：帕洛阿尔托市第 6 停车场，公共停车场/ 每次停车最长 2 小时。亦可办理经批准停车。

- 周一至周五早上 8 点至下午 5 点。
- 首次存车后的 5 小时内禁止再次存车。
- 经批准的存车不可连续存车超过 72 小时。

第一部分 交　通

25.2　Street Parking 路面停车

　　　　　　A　　　　　　　　　　　　B

　　照片 A 中牌子上的文字是 NO PARKING ANY TIME（任何时间都不许在此停车）。照片 B 中的牌子有上下两块。上面的文字是：NO PARKING 7AM TO 7PM　OK COMMERCIAL VEHICLES ON BUSINESS / NO OFF‐STREET PARKING AVAILABLE 5 MIN. LIMIT（早 7 点至晚 7 点禁止停车，商业货车或路旁停车可以临时停车 5 分钟。）下面的文字是：BIKE LANE BICYCLES ONLY 7AM TO 7PM（自行车专用车道。早上 7 点至晚上 7 点。）off-street parking 路旁停车。parking lot 停车场。

59

25.3　Fire Lane 消防通道

　　照片中的路沿是红色，路旁牌子上的文字是 NO PARKING　FIRE LANE（禁止停车　消防通道）。

25.4　Disabled 残疾人

　　　　　　　A　　　　　　　　　　B

　　所有的停车场都有残疾人车位。从照片 A 可以看出，残疾人车位在地面上有标识，空中竖起的牌子也有标识。

　　照片 B 中有 3 块牌子。上面一块的汉语意思是：残疾人停车专用。中间的

第一部分 交 通

文字是：轮椅面包车（轮椅可进出的残疾人面包车）停车位。最下面的牌子上的文字是：违者最低罚款 250 美元。

残疾人的汽车牌照也与众不同，上面有残疾人图案，有的还有缩写文字，如 DP = disabled person, HP = handicapped person, DV = disabled veteran。如以下照片所示。

　　　　　　　A　　　　　　　　　　　　　　　　B

照片 A 中，车牌中间是牌号，左边是残疾人标志，下方的文字是 SOUTH CAROLINA（南卡罗来纳州）。照片 B 中，车牌上方的文字是 Arkansas（阿肯色州）。中间是牌号，下方的文字是 Disabled（残疾人）。

　　　　　　　A　　　　　　　　　　　　　　　　B

照片 A：残疾人存车专用。照片 B 的汉语译文：未经授权的车辆，停在专用车位，没有明显的告示牌或没有颁发给残疾人的牌照，将被拖走，拖车费由车主自负。拖走的车辆可以取回，地点在艾尔森拖车公司，OLD MIDDLEFIELD WAY MOUNTAIN VIEW 1957 号。邮编：加州 94043。或者电话询问：（650）321－8080。

25.5　Customers 顾客

A　　　　　　　　　　　　B

照片 A 是一个超市前面的一部分，这个超市前面有一个停车场。但是，顾客多时，车位会不够，于是在柱子上钉了一个告示牌，上面的文字译文是：后面还有停车处。照片 B 中的牌子在银行门前，上面文字的译文是：只许本银行的客户停车 30 分钟。

25.6　Staff 员工

A　　　　　　　　　　　　B

照片 A 是一个单位的停车场，牌子上的文字译文是：员工停车专用。照片 B 是一所中学的停车处，地面上有的车位写有 STAFF（教职员工专用）。

25.7　Residents 居民

A　　　　　　　　　　　　　　B

照片 A 是一个居民区的停车场，牌子上的文字译文是：居民停车专用。照片 B 也是一个居民区，牌子上的文字是：GUEST PARKING ONLY　THESE SPACES ARE RESERVED FOR GUESTS OF LOMA VERDE TOWNHOMES　ALL OTHERS WILL BE TOWED AWAY AT OWNER'S EXPENSE. P. A. P. D. 329－2406　CVC 22658A　AUTHORIZED TOWING CO. NATIONAL TOWING 650－327－5500（访客存车专用。这些车位是给 LAMA VERDE 复式公寓的访客预留的，其他车辆将被拖走，拖车费用车主自负。帕洛阿尔托市警察局电话 329－2406　加州机动车辆法令第 22658A 条款。授权的国家拖车公司，电话：650－327－5500。）

townhome 复式公寓。这种公寓中每套房子都是上下两层的复式结构，一般为租用，使用者没有产权。而 townhouse 的结构与 townhome 相同，只是 townhouse 有产权。注意 townhome 和 hometown 的拼写区别。townhome 复式公寓。hometown 家乡。P. A. P. D = Palo Alto Police Department。CVC = California Vehicle Code（加州机动车辆法令）。

想去美国？先看懂这些照片

A　　　　　　　　　　　　　B

照片 A 中的文字译文是：本车库为 PAGE MILL 路 395 号房客专用。停留 7 天以上的车辆将被拖走，拖车费用车主自负。加州机动车辆法令第 2265A 条款。帕洛阿尔托市警察局，电话 650－329－2413。

照片 B 中的文字译文：私人街道，不能到达 SAFEWAY 超市。没有公共停车场。加州机动车辆法令 22658A。警察电话 329－2401。这个牌子的后面就是 SAFEWAY 超市。许多车辆误以为这条街道通往该超市。实际上，这条街道是很短的一个死胡同，长不过 200 米，不通 SAFEWAY 超市。

25.8　Delivery Vehicles 送货车

A　　　　　　　　　　　　　B

第一部分 交 通

照片 A 上的文字译文：禁止停车，货车专用，限时 30 分钟。违反者将其车拖走，拖车费用车主自负。照片 B 上的文字译文：禁止停车 货车专用。

25.9　Compact Cars 小型车

汽车可以根据车身长度、内空间、燃油气缸、排量的不同分为 compact（小型）、midsize（中型）、full size（大型）。小型车更有益生态环保，因此在停车场也享有优惠。

　　　　　　A　　　　　　　　　　　　　　B

照片 A 中有一个车位上写着 COMPACT（小型车）。照片 B 中的文字是 COMPACT CAR PARKING ONLY（小型车专用车位）。

25.10　Low Emission, Carpool, Hybrid
　　　　　低排量、拼车、混动车

因为低排量、拼车、混动车更环保，因此在停车场享有一定优惠，旨在鼓励大家创造更好的生态环境。

65

想去美国？先看懂这些照片

A   B

照片 A 是一个旅游景点的停车场，专门为低排量、拼车留出车位，牌子上的文字是：PARKING FOR LOW EMISSIONS VEHICLES AND CARPOOL ONLY（低排量车、拼车专用车位。）照片 B 上的文字译文：低排量车专用。地面上还画了一片绿叶表示生态环保。

A   B

照片 A 上的文字译文：低排量、燃油效率高的车辆的停车位。照片 B 上的文字译文：预留车位。上午 6 点至 9 点半，拼车 3 人以上。

HOV 是 High Occupancy Vehicle 三个单词的首字母缩写，意思是多人员乘坐的车辆。

A   B

第一部分　交　通

　　照片 A 中地面停车位上的文字是 CAR POOL（拼车）。照片 B 是一个超市外的停车场，专门辟出拼车车位。绿色牌子上的文字是 PUBLIC CARPOOL PARK-ING（公共拼车车位）。

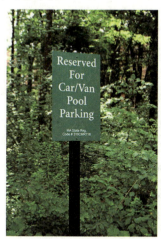 

　　　　　　　　A　　　　　　　　　　　　　B

　　照片 A 上的文字译文：轿车、小客车拼车预留车位。照片 B 上的文字译文：预留车位。混动车。hybrid vehicle 混动车——油、电两种动力的车。

26 Crossing Guards 交通协警

　　交通协警的工作是帮助交警疏导交通。他们的工作地点主要在学校、车站、建筑工地附近和交通繁忙地段。

　　交通协警的工资由当地政府支付。全美交通协警的年均工资为24,000美元。具体各州差别很大。最多的是首都华盛顿，为35,000美元，最少的是阿拉巴马州，为17,000美元。有的州根本就没有交通协警。

　　　　　　　A　　　　　　　　　　　　　B

　　照片A中，协警绿色工作服上的文字是：AMERICAN GUARD SERVICES CROSSING GUARD（美国保安服务公司，交通协警。）照片B中，一个女协警站在路边观察路况。看到有小学生过马路时，她会立刻冲向路中央，举起手中的STOP牌子，执行职责。十字路口旁边就是一所小学。

第一部分 交通

27 Do Not Enter 禁止驶入

A

B

照片 A 上的文字译文：禁止驶入。照片 B 上的文字译文：只出勿进。

想去美国？先看懂这些照片

Towing 拖走

  A   B

  照片 A 中的文字译文：NO PARKING　UNAUTHORIZED VEHICLES WILL BE TOWED AWAY AT VEHICLE OWNER'S EXPENSE　POLICE PH. 650 – 329 – 2413　C. V. C. 22658A　650 – 329 – 2413（禁止停车。未经授权的车辆将被拖走，拖车费用车主自负。警察电话：650 – 329 – 2413 。加州机动车辆法令第 22658A 条款。电话：650 – 329 – 2413。) C. V. C. = California Vehicle Code。

  照片 B 中的文字译文：存车限制，未经授权的车辆将被拖走，拖车费用车主自负。加州机动车辆法令第 22658A 条款。如果你的车辆被拖走，请拨打帕洛阿尔托市警察局电话 650 329 – 2413，ELLISON 拖车有限公司，电话 650 321 – 8080。

第一部分 交 通

A　　　　　　　　　　　B

照片 A 中的文字译文：预留存车，牧师专用，未经授权的车辆将被贴上罚款条或被拖走。法规 89－75 条。bylaw 法规、法令。

照片 B 是一家超市的告示。这家超市的名字是 Stonestown Galleria，是旧金山州立大学的邻居。旧金山州立大学的学生或者到学校办事的人常把车辆停在这家超市的门前，但不进去购物，影响了超市顾客存车，于是有了这张告示。告示上的文字的汉语译文是：这里不是旧金山州立大学停车场，你是不是有 600 美元没处花了？如果你把车停在本超市，放下车去上课，或去旧金山大学办事，你的车可能会被拖走，拖车费车主自负。加州机动车法令 22658CA (1) 估计拖车费是 600 美元，缴费取车。* 拖车费可以变更，由拖车公司裁定处置。SFSU = San Francisco State University。

71

29 Drink and Drive; Designated Drive 酒驾、代驾

A　　　　　　　　　B

照片 A：不要酒驾。照片 B：冲啊，酒驾 ➡监狱 ➡医院 ➡太平间。

A　　　　　　　　　B

照片 A 是一把车钥匙放进酒杯里，背景是红色禁止的符号。寓意醒目：不要酒驾。

照片 B 中的文字的汉语译文是：冷静。叫个代驾司机来。

第一部分 交 通

 **Gas 加油站**

gas 的词义怎么会是"加油站"？

如果不在美国身临其境，难免会产生疑问。可是，你从下面的照片中会看到，那是语言活生生的应用。如果你前不挨村，后不着店，车没油了，又看不懂身边路旁的告示 GAS OPEN 24 HOURS，而继续前行，弄不好你就会泪洒荒郊了。

A　　　　　　　　　　　　B

照片 A 是一个常见的加油站。加油站通常是 self service gasoline（自助加油）。照片 B 是加油站的一个加油泵位，文字显示是 Pump Number 4（4 号泵位）。驾驶员把信用卡插到卡孔里，按照提示进行操作即可，加完油后，把油枪放回原处。

A　　　　　　　　　　　　B

照片 A 是一个加油站旁边的告示：加油站 24 小时营业。用 gas 表示"加油站"，在目前的英语词典里还找不到。先使用，后规范，是语言形成的规律。不过，gas = gasoline（汽油）已经收入词典，是美国英语。英国英语叫 petrol（汽油），不叫 gas。

照片 B 是一个 ARCO 加油站前面的牌子，上面是 ARCO 公司的标记，下面是油价。ARCO 是美国一家大型石油公司，其总部在洛杉矶南面不远的 La Palma。ARCO 从事的石油开发主要在美国、印度尼西亚、中国南海（中国海洋石油总公司的重要合作伙伴）。ARCO 在美国西部有 1300 多个加油站，以其价格便宜著称。

照片 B 中有三种油价（自左至右）：

EC unleaded 排污控制无铅普通汽油；

EC unleaded plus. 排污控制无铅优良汽油；

EC unl. premium 排污控制无铅优质汽油；

EC = emission control 排污控制；

EC unl. = emission control unleaded 排污控制无铅；

premium 优质的。premium 的意思是 super（超级的，极好的）。

数字是每加仑的价钱。如：排污控制无铅普通汽油的价格是 399 $\frac{9}{10}$ 美分。$\frac{9}{10}$ 表示的是 1 美分的 9/10。这是商业促销的心理价格的设计，其实就是每加仑 4 美元而已。数字价格下面的文字是 SELF SERVE GASOLINE（自助加油）。

A

B

照片 A 是一个加油站柱子上贴的广告，上面白色的文字是：Shop at Safeway Earn up to 20 ¢/gal in Rewards'（在 Safeway 超市购物，能得到每加仑 20 美分的回报。）Safeway 是一家超市，和 Chevron 石油公司的加油站搞商业合作，根据在

Safeway 购物的积分，可以在 Chevron 加油站加油时得到一些优惠。

Chevron 的全称是 Chevron Corporation，总部在旧金山湾区东面的 San Ramon。Chevron 是美国一家跨国公司，主要从事石油、天然气、地热能源的开发。

照片 B 是 Chevron 加油站的一个泵位，旁边垃圾箱上的文字和照片 A 的广告文字一样。

想去美国？先看懂这些照片

Hybrid 混合动力车

混合动力车是电、油驱动的汽车。平时用电，电力不够时会自动转用油。这种车有益环保。

这是斯坦福大学校园内的班车，车身上部有醒目的文字 HYBRID POWERED Stanford's FREE SHUTTLE（混合动力车　斯坦福免费班车）。

　　　　A　　　　　　　　　　　　　　　B

照片 A 是一辆混合动力小轿车，车身上有标识 HYBRID（混合动力）。照片 B 是一个停车场，专门为混动车辟出停车位，地面上的文字是 GREEN SPACE HYBRID VEHICLES ONLY（绿色区域　混合动力车专用）。

第一部分 交 通

 Trailer，RV 房车

汽车后面挂个拖车，里面可以居住，锅碗瓢盆、沙发、床铺、厨房、卫生间齐全，简直就是一个可以移动的房子。把这种 trailer 翻译成拖车、大篷车亦无不可，但是叫房车似乎更贴切。这种房车有多种叫法：trailer，RV（Recreational Vehicle），caravan，camper van，motor home 等。

较流行的房车已经不是汽车后面挂个拖车了，而是一个整体。这种车通常叫 RV。RVs 指多个房车。

　　　　A　　　　　　　　　　　　　　B
照片 A 是一个较小的 trailer。照片 B 是挂在汽车后面的 trailer。

　　　　A　　　　　　　　　　　　　　B
照片 A 是停留在一个景点的房车。房车顶部的文字是 cruiseamerica.com，这是销售此车公司的网址。Cruise America 是美国一家销售、租赁房车的公司。照片 B 是行进中的房车。

Culture of Plates 车牌文化

车牌虽小，但文化底蕴不浅。有的在车牌上展现各自州的人文、地理，有的刻上名言名句，有的刻上本州的亮点。校友可以有校友车牌，万众关心的残疾人也少不了有他们标志性的车牌。

美国各州的车牌不一样，每个州也不只有一种车牌。各州都要求车后有车牌。但是，车前车牌有的州要求有，有的州不作要求。

33.1　Common Plates 普通车牌

普通车牌上会有州名、编号、年月信息，没有更多的文化、人文等信息。

　　　　　A　　　　　　　　　　　　　　B

照片 A 是 COLORADO（科罗拉多州）的车牌。照片 B 是 California（加利福尼亚州）的车牌。车牌下面的文字是 dmv.ca.gov（加州政府机动车辆管理局）。dmv = Department of Motor Vehicles 或 Division of Motor Vehicles。

33.2　Nicknames of State 州别名车牌

美国各州都有自己的别名、州旗、州玺、州座右铭，于是你常常会看到一些车牌上刻写着该州的别名。如：

第一部分　交　通

Name of State 州名	Nicknames 别名
Illinois 伊利诺伊州	Land of Lincoln 林肯的家乡
New Mexico 新墨西哥州	Land of Enchantment 魅力的土地
Texas 德克萨斯州	The Lone Star State 孤星之州
Washington 华盛顿州	Evergreen State 常青州
Kentucky 肯塔基州	Bluegrass State 蓝草州
Florida 佛罗里达州	Sunshine State 阳光州
Wisconsin 威斯康星州	America's Dairyland 美国奶品之乡
Montana 蒙大拿州	Treasure State 宝藏州 Big Sky Country 辽阔的原野

　　　　A　　　　　　　　　　　　　B

照片 A 是 Illinois（伊利诺伊州）的车牌。牌号中间是林肯总统的肖像，肖像下面的文字是 Land of Lincoln（林肯的家乡）。

Land of Lincoln 是伊利诺伊州的别名。林肯出生在 Kentucky（肯塔基州），而不是伊利诺伊州，但是伊利诺伊州是林肯的家乡。从 21 岁开始，他在伊利诺伊州生活：伐木、做店主、当邮政局长，在 Springfield 购房结婚成家，自学成为律师并从政，1861 年成为伊利诺伊州当选的第 16 任总统。林肯总统去世后安葬在了伊利诺伊州 Springfield。伊利诺伊州的民众以林肯为荣，因此把 Land of Lincoln 作为该州的别名。

从伊利诺伊州走出来的总统还有第 18 任总统 Ulysses S. Grant（格兰特）、第 44 任总统 Barack Obama（奥巴马）。第 40 任总统 Ronald Reagan（里根）出生在伊利诺伊州，但他是在加利福尼亚州当选的总统。

照片 B 中，车牌的左上方是一颗星，正上方是 TEXAS（德克萨斯州），中间是牌号，牌号的中间是德克萨斯州的地图。牌号下面的文字是 The Lone Star State

79

（孤星之州），是该州的别名。德克萨斯州的别名为什么是 The Lone Star State（孤星之州）呢？这和德克萨斯州的历史有关。德克萨斯州历史上是墨西哥的属地，后来经过战争打败了墨西哥成了一个独立的国家，国家的国旗就是一颗星。1845年，德克萨斯国加入美国联邦政府，但是它的州旗依然保留着一颗星的原貌，直至现在。

33.3　State Features Plates 州亮点车牌

有的人会把本州的亮点展现在车牌上，如本州的历史、环保、景致、特产等。

车牌上方的文字是州名 INDIANA（印第安纳州），中间是牌号，牌号的左面是个图标，图标的黑色背景是印第安纳州的地图，地图上面有一个由 19 颗星组成的圈，圈上面是数字 200。车牌的下面是 BICENTENNIAL 1816－2016（200周年纪念　1816－2016）。200 周年纪念什么呢？哦，原来是纪念该州建州 200周年。1816 年印第安纳州成为联邦的第 19 个州，即一圈 19 颗星的寓意。

车牌的上方文字是 Minnesota（明尼苏达州）。中间是牌号，牌号的左面是两只野鸡（pheasant），代表该州的野生动物。牌号正下方的文字是 CRITICAL HABITAT（危境中的动物栖息地）。

明尼苏达州境内有多种野生动物，但生态环境堪忧。于是，该州鼓励大家购买使用这种车牌。购买这种车牌每年要出 30 美元，交给有关部门集中使用，以改善该州的动物生存环境。

明尼苏达州的别名是 Land of 10,000 Lakes（万湖之州），而实际上有 12,000 个湖泊。

33.4　DP（Disable Person）残疾人车牌

残疾人车牌上通常有残疾人图案，有的还有缩写文字，如 DP = disabled person，HP = handicapped person，DV = disabled veteran。

　　　　　A　　　　　　　　　　　　　　　　B

照片 A 中，车牌上方的文字是 DISABLED VETERAN（残疾退伍军人）。右上方的文字是 HEART OF DIXIE（南方中心）。中间的左边是国旗和残疾人轮椅图案，表示为保卫国家而致残。中间的右边是牌号。最下面的文字是 ALABAMA（阿拉巴马州）。

HEART OF DIXIE（南方中心）是阿拉巴马州的别名。它还有一个别名叫 Cotton State（棉花州）。

Heart of Dixie（南方中心）中的 Dixie 是指美国南北战争时南方的 11 个州的广大区域。为什么那个广大的区域叫 Dixie 呢？据考证，南方的 Louisiana（路易斯安那州）曾经是法国的殖民地，当时的法国国王 Louis XIV（路易斯十四）命其名为 La Louisiane，英语的意思是 Land of Louis（路易斯的土地）。法国银行在自己的殖民地上发行的货币中最常用的是 10 元币，法语 dix 印在了 10 元币上，dix = ten（英语"10"）。这种货币在南方多州的流通演变成了"南方"的代名词。阿拉巴马州自以为是南方的中心，于是就有了该州别名 Heart of Dixie。

照片 B 中，车牌上方的文字是 PENNSYLVANIA（宾夕法尼亚州）。中间是牌号。牌号左边是残疾人标志。残疾人标志左右上方有两个大写的英语字母 HP（残疾人），HP = handicapped person。车牌下方的文字是 KEYSTONE STATE（栋梁州）。

Keystone State（栋梁州）是宾夕法尼亚州的别名。取该别名的主要原因，是该州在美国开国时期所起的"栋梁"作用。比如：

（1）最初组成美国的是东部 13 个州。这 13 个州从北至南连在一起，像是一个屋脊，而宾夕法尼亚州处在中央，像是屋脊的大梁。它的南面 6 个州，东面、北面 6 个州。

（2）美国建国的许多重要文件是在该州形成的，如 Declaration of Independence（《独立宣言》）是第二次大陆会议在该州 Philadelphia（费城）召开时签署的。

（3）费城是美国建国前独立战争时期的首都，建国后成为美国的首都，后来迁都到今天的华盛顿。费城的别名有 Cradle of Liberty（自由的摇篮），The Birthplace of America（美国的诞生地）等。

The state of independence（建国州）是民间称呼的宾夕法尼亚州别名。

33.5　Sayings and Mottos 名言名句车牌

有的车牌上刻写着美国人耳熟能详的名言名句。如 Live free or die（不自由，毋宁死），United we stand（团结就是力量）等。

车牌上方的红色文字是 VETERAN（退伍军人）。其下的蓝色文字是 LIVE FREE OR DIE（不自由，毋宁死）。车牌的中间是牌号。牌号的下面是 NEW HAMPSHIRE（新罕布什尔州）。这显然是一位退伍军人的车牌。

Live Free Or Die 是该州的座右铭。据说，这句话是从 give me liberty or give me death（不自由，毋宁死）演变来的。1775 年 3 月 23 日，Patrick Henry 在演说中说过"Give me liberty or give me death!"（不自由，毋宁死）。"毋宁"是副词，意思是"不如"。

第一部分 交 通

照片 B 中，车牌上方的文字是 Utah（犹他州）。中间是牌号。牌号的左边是美国国旗，国旗下面的文字是 In GOD We TRUST（我们相信上帝）。车牌最下方的文字是 UNITED WE STAND（团结就是力量）。

In GOD We Trust（我们相信上帝）是美国的国家座右铭（National Motto）。

UNITED WE STAND（团结就是力量）是一句名言的一部分。United we stand, divided we fall.（团结则立，分裂则亡。）其实，United we stand, divided we fall 已经是一句英语成语，意思就是"团结就是力量"，已经没有"立""亡"的含义。

类似 United we stand 的含义，最早出现在古希腊的伊索寓言 *The Four Oxen and the Lion*（《四头公牛和狮子》）中。在后来的《圣经》中也出现过。

33.6　Plate Around 车牌周边

在车牌的周边，有时会看到一些人文的昭示。

车牌被固定在一个边框内。边框的上边沿有文字 AMERICA'S 911 FORCE（美国 911 救援团队），下边沿有文字 UNITED STATES MARINE CORPS（美国海军陆战队）。看到边框上的文字，会让人联想到这辆车的主人是海军陆战队的人员，曾经参加过 2001 年 9 月 11 日美国被恐怖分子攻击后的抢救行动。force 团

队，相当于 team。

A   B

照片 A 中，车牌边框的下边沿文字 LIFE IS GOOD（活着真好），表达了车主的心境。照片 B 中的文字在车牌的旁边：我尊重本社区居民。我开车使用安全速度。这是车主的一种心态。

A   B

照片 A 是蒙大拿州的一辆车的尾部。车牌的右边有几行绿色的文字。文字内容见照片 B，汉语译文是：支持我们的部队！把他们带回家！Richards 2006. 美国。这是一位叫 Paul Richards 的人，在 2006 年竞选议员时说的话。他主张美国从海外撤军。这位车主是 Richards 的支持者，于是在自己的车牌周边喷印上了 Richards 的话。

第一部分　交　通

Freeway 高速公路

美国的公路总体上分四种：U. S. Routes（美国国道），Interstate Highways（州际高速公路），State Highways（州内公路），County Highways（县内公路 = 郡内公路）。

美国国道有多种叫法，如 U. S. Routes，U. S. Highways，United States Numbered Highways。

州际公路也有多种叫法，如 the Interstate，Interstate System，Interstate Freeway System，Interstate Highway System，The Dwight D. Eisenhower National System of Interstate and Defense Highways（艾森豪威尔州际和国家防务公路系统）。

标志编号：国道、州际公路的统一，州内、县内不一。

国道从 1926 年建设起，至今近百年，已经逐渐被州际公路所代替。目前，完整国道所剩已寥寥无几。州际公路四通八达，承载着美国的主要运输负荷。所有公路任你自由进出，基本上不收费，只有零星的桥梁、路段收费。

34.1　U. S. & Interstate Highways 国道、州际公路

85

州际公路的编号有一定的规律：

● 南北方向

南北方向的编号是奇数，如 5、15、25 等。编号数字由西向东依次增加，如从最西边的 5 号依次升到最东面的 95 号。以 5 结尾的公路通常竖跨美国国土。

● 东西方向

东西方向的编号是偶数。如 10、40、80 等。编号数字由南向北依次增加，如从最南边的 10 号依次升到最北面的 90 号。以 0 结尾的公路通常横跨美国国土。

国道的编号也有一定的规律：

● 南北方向

南北方向的编号是奇数，同州际公路。但是，编号数字由东向西依次增加，和州际公路正好相反。

● 东西方向

东西方向的编号是偶数，同州际公路。但是，编号数字由北向南依次增加，和州际公路正好相反。

图片 A 是国道的标记（numbered logo）。国道的标识是全国统一的。你只要看到这种形状的标识，就是国道。国道告示牌的英语叫 U. S. Route shield，字面意思是"美国国道盾牌"。shield 盾牌。国道标识为什么用这样一个形状呢？有什么寓意吗？和盾牌有联系？有，见图片 B。国道标识来自国徽图案中的盾牌。那个盾牌就是美国国旗。

A

图片 B 是美国国徽的正面（obverse）。正面的秃鹰是美国国鸟，它的正式名称是"白头海雕"，是产于拉斯维加斯的一种巨鹰。秃鹰的右爪握着橄榄枝，代表和平；左爪握着利箭，代表力量。橄榄枝代表和平，典故来自《圣经》诺亚方舟的故事，而利箭代表力量，来自伊索寓言中的"棍子捆在一起力量大"。秃鹰的嘴里含着一条飘带，飘带上是拉丁文，翻译成英语是 Out

B

of many, one（合众为一）。秃鹰胸前是盾牌，代表自我防御和自我依靠。盾牌上部是蓝天白星，白星50颗，代表50个州。盾牌下部是红白相间的竖纹，白七红六，加在一起是13，代表建国初期的13个州。实际上，这个盾牌就是美国国旗，只是星、条排列的位置有别；此外，条纹国徽是白七红六，国旗是白六红七。

  A   B   C

图片A是州际公路的空白标识（blank logo）。州际公路的标识也来自国徽图案中的盾牌。那个盾牌就是美国国旗。

照片B是公路旁的告示牌，上面的文字是INTERSTATE　IOWA 80（州际公路　艾奥瓦州80），意思是艾奥瓦州的80号州际公路。

图片C是80号公路的示意图，西起旧金山，东至纽约，横跨美国大陆。这条公路建成于1986年，全长4,666公里。

州际公路的告示牌全国统一。你只要看到这种形状的告示牌，就知道是州际公路。

州际公路告示牌的形状依然是盾牌，只是为区别国道牌，略加变形，也叫桃形盾牌。

  A   B

想去美国？先看懂这些照片

照片 A 是同一电杆上的两种告示牌，左边是国道，右边是州际。照片 B 也是同一电杆上的两种告示牌，上边是州际，下边是国道。

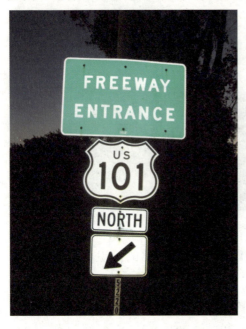

A   B

照片 A 是路旁的一个牌子，上面的文字是 FREEWAY ENTRANCE US 101 NORTH（高速公路入口 国道101 向北）。

图片 B 是国道 101 的示意图，南起加州的南部，北至华盛顿州与加拿大边界接壤处。这条国道修筑于 1926 年，全长 2,478 公里。101 国道是目前保存较完好、仍在使用的国道，但基本上已被州际 5 号公路取代。

国道 101 的取名很有意思。101 是竖跨国土的主干道。而国道的取名有规定，一、二位数的是主干道，三位数的不是主干道，是辅路。可是，南北国道从东至西排名过来，奇数已经用到 99——从墨西哥边界到加拿大边界的一条主干道。再往西的主干道该怎么办？无奈取名 101，但它可不是辅路，而是贯穿南北的交通大动脉。

第一部分 交 通

　　　　　　　　A　　　　　　　　　　　　B

　　照片 A 中的文字是 FREEWAY ENTRANCE　INTERSTATE CALIFORNIA 5 SOUTH（高速路入口　州际公路　加利福尼亚　5 号路　向南）。

　　照片 B 中的文字是 FREEWAY ENTRANCE　INTERSTATE CALIFORNIA 210 WEST（高速路入口　州际公路　加利福尼亚 210 号路　向西）。

　　两张照片，除了公路编号和方向外，其他都一样。

　　州际公路的编号数字位数有什么说法吗？有。一、二位数的数字表示的是主干道，三位数的是支路（spur，loop，bypass）。如果三位数支路的第一个数字是奇数，表示这条支路不再与主干道衔接，比如，通向海边。如果三位数支路的第一个数字是偶数，表示这条支路还会与主干道衔接，比如，离开主干道去一个景点，看完了景点还可以继续前行，回到主干道上。照片 B 中的 210 告诉你，离开 10 号公路后，还可以上主干道。

　　　　　　　　A　　　　　　　　　　　　B

　　照片 A 中，杆子上牌子的文字自上而下是 NORTH　INTERSTATE 381

89

EISENHOWER INTERSTATE SYSTEM（向北　州际公路381　艾森豪威尔州际公路系统）。381 告诉你：这是 81 号公路的支路，进去后，再也上不了主干道了，因为 3 是奇数。

最下面的蓝牌子是什么意思？那是州际公路文化的一部分，州际公路的诞生和艾森豪威尔总统有关。艾森豪威尔总统在任期内（1953—1961 年）大力提倡、促建州际公路，得到了国会通过法案并开始建设。州际公路也叫 The Dwight D. Eisenhower National System of Interstate and Defense Highways（艾森豪威尔州际和国家防务公路系统），就是这个原因。

蓝牌子上的 5 颗星表示艾森豪威尔是五星上将总统。他是迄今唯一的一位五星上将总统。这样的蓝牌子并不是每个州际公路标牌下面都有，只是偶尔有。

照片 B 是 1993 年艾森豪威尔州际公路纪念牌的揭幕仪式。牌子上的文字是 EISENHOWER INTERSTATE SYSTEM（艾森豪威尔州际公路系统）。左二是艾森豪威尔总统的儿子，长得很像他爸爸。

34.2　State Highways 州内公路

州内公路的告示牌五花八门，彰显本州的亮点，各州有各州的高招，但都有浓厚的文化气息。如本州名人、历史遗产、闻名物产、地理地图等。

　　　　　A　　　　　　　　　　　　　　　B

照片 A 是华盛顿州的公路告示牌，其中的头像是华盛顿总统的头像，数字 7 表示州内 7 号公路。牌子上没有州名，但是人们一看，就知道那是开国总统华盛顿的头像，那个州就是华盛顿州。照片 B 中的文字是 MISSOURI（密苏里州），牌子的形状是该州的地理图，数字是州内公路编号。

A　　　　　　　　　　　　　　　　　B

照片 A 是科罗拉多州公路的方形告示牌。方形是该州大致的地理图，上方的图案是该州的州旗。照片 B 是科罗拉多州的州旗。蓝色代表蓝天，白色代表该州白雪覆盖的山脉，金色代表太阳，红色代表大地。另一种说法是，金色代表该州是产金大州。

A　　　　　　　　　　　　　　　　　B

照片 A 中，近处杆子上有两组路牌。上面一组是州际公路牌子，文字是 SOUTH INTERSTATE KANSAS 635（向南　州际公路　堪萨斯州　635 号公路）。下面一组是州内公路牌子，WEST（向西），5 表示 5 号公路，橘黄色是向日葵图案。向日葵上写上数字，就是该州州内交通牌子标识。这个标识有什么寓意吗？有。该州别名就是 The Sunflower State（向日葵州）。向日葵也是州旗的显赫部分。照片 B 是堪萨斯州的州旗。堪萨斯州是个农业州，向日葵遍地，产量高，质量好，反映在州旗上就是一朵鲜艳的向日葵，被置于顶部。

A   B

照片 A 中的文字是 NORTH　CITY OF PHOENIX　ARIZONA 51（向北　凤凰城　亚利桑那州 51 号公路）。51 的白色背景是该州的地图。有些州是用该州的地图做背景制作交通告示牌。

照片 B 中，路旁牌子上的文字是 HISTORIC 66（历史遗迹 66 号公路）。这个牌子的背景图案依然是亚利桑那州的地图，但是颜色为什么变成了棕红色？原因是 66 号公路。66 号公路有什么特殊意义吗？有。

66 号公路是 1926 年起最早修建的国道之一。北起伊利诺伊州的芝加哥，向西南穿越 8 个州到达加州洛杉矶海边的 Santa Monica，全长 3,945 公里。1985 年，这条著名国道被宣布退役，由 40 号州际公路的西段和 44 号等州际公路取代。它的不同路段被开发成历史名胜景点。如果你看到路旁有 66 号公路牌子，那不是普通的交通指示牌，而是告诉你：66 号公路的历史景点要到了。

著名小说 The Grapes of Wrath（《愤怒的葡萄》）描写的就是发生在 66 号国道上的故事。这部小说被改编成同名电影，获得了奥斯卡最佳导演奖，久映不衰。20 世纪 60 年代轰动一时的电视连续剧 Route 66 也是讲述发生在 66 号国道上的事。此外，还有音乐、电影等描述发生在这条国道上的故事。

66 号国道还叫 the Main Street of America（美国第一大街），the Mother Road（母亲路）。

第一部分 交 通

　　　　　　A　　　　　　　　　　　　　　　　B

　　图片 A 是 66 号国道的示意图。北起芝加哥，向西南到达俄克拉荷马后，就基本向正西了，直到洛杉矶的 Santa Monica。照片 B 是退役后的 66 号国道。

34.3　County Highways 郡内公路

　　郡内公路有多种叫法：county highway，county road，county route。通常用缩写表示，CH ＝ County Highway，CR ＝ County Road / County Route。

　　郡内公路的告示牌没有统一的规定。《统一交通管制设施手册》(*Manual on Uniform Traffic Control Devices*) 只是推荐郡内公路告示牌用蓝底黄字的五角形图案。

　　　　　　A　　　　　　　　　　　　　　　　B

　　照片 A 是犹他州格兰德郡的郡内公路告示牌——蓝底黄字五角形。牌子下面有个黄色的牌子，上面的文字是 HEADWATERS TRAILS　GRAND COUNTY（HEADWATERS 景点入口　格兰德郡）。照片 B 中的文字是 SAN JUAN COUNTY（圣胡安郡）。圣胡安郡是犹他州的一个郡。蓝色背景是该郡的地图。

想去美国？先看懂这些照片

Driving School 驾校

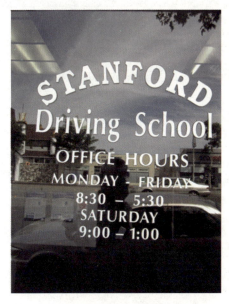

A

B

照片 A 中的文字是：STANFORD Driving School OFFICE HOURS MONDAY – FRIDAY 8∶30 – 5∶30 SATURDAY 9∶00 – 1∶00（斯坦福驾校办公时间：周一至周五 8∶30 – 5∶30，周六 9∶00 – 1∶00。）照片 B 是该驾校的招生简章。

这是招生简章的第一部分。汉语译文:

斯坦福驾校

湾区最好的驾校

(略:地址　联系电话　网站　email 地址)

课程概述和价格

基础驾驶培训(6 课时驾驶指导)　　　　　　　　　　　355 美元

本课程最低要求。机动车辆管理局驾驶测试的基本准备。

每次驾驶课 2 小时,共 3 次课,学会在马路上开动、停车,为加州要求的上路测试做准备。(节省 80 美元)

基础驾驶训练加上高速路(8 课时驾驶指导)　　　　　　495 美元

6 课时基础驾驶训练加 2 小时高速路专注驾驶和学习自我保护驾驶。本课程重实用,大部分学员都可以熟练掌握初级驾驶,为高速路更全面驾驶打下基础,是加州安全驾驶所必需的。(节省 105 美元)

DMV 机动车辆管理局

美国的机动车辆的管理由政府机构施行，各州的名称不一，多数州简称 DMV，即 Department of Motor Vehicles 或 Division of Motor Vehicles 的缩写，少数州有自己的名称。虽然名称不统一，但职能一样，即主管机动车辆的注册和驾照的管理等工作。

A

B

照片 A 是一个牌子上显示的加利福尼亚州机动车辆管理局下属的几个分支。牌子顶部的文字是：THE DEPARTMENT OF MOTOR VEHICLES ARE LOCATED AT THE FOLLOWING SITES（机动车辆管理局以下的几个工作地点。）中间 4 个方格里是 4 个地点。牌子底部的红字是：PLEASE CALL 1－800－777－0133 OR www.dmv.ca.gov（请拨打电话 1－800－777－0133 或登录 www.dmv.ca.gov。）

照片 B 是一个管理局分局的牌子，竖在了路旁，上面的文字是：DEPARTMENT OF MOTOR VEHICLES 3665 FLORA VISTA AVE. STATE OF CALIFORNIA（机动车辆管理局 3665 FLORA VISTA AVE 加利福尼亚州。）

第一部分 交 通

A　　　　　　　　　　　　　　　B

　　机动车辆管理局很忙，前来办事的人们总是排起长队等候。照片 A 是管理局办公处贴出的告示，鼓励大家预约，以便节省排队时间，上面的文字的汉语译文是：机动车辆管理局 预约电话 1－800－777－0133。

　　照片 B 是建议排队太久等不下去的人就地预约，然后回家等吧。上面的文字是：RESERVE YOUR APPOINTMENT NOW　www. dmv. ca. gov　(800) 777－0133［现在预约吧。网址：www. dmv. ca. gov　电话：(800) 777－0133］

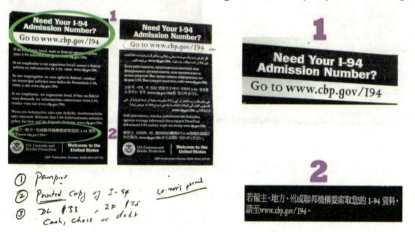

A　　　　　　　　　　　　　　　B

　　外国人（包括中国人）的驾照在美国能用吗？各州的规定不一，有的行，有的不行。加州短期可以。在加州，外国人可以办驾照。你要拿着护照到机动车辆管理局登记申请。工作人员会要求你出示护照和 I－94 号码。你会问什么是 I－94 号码。工作人员就会给你看一篇文字，即照片 A 所示。

　　这篇文字有多种语言，表达的是同一个意思。照片中的两个绿色椭圆圈起的文字 1、2 见照片 B：**1** Need Your I－94 Admission Number? Go to www. cbp. gov/

97

I94（需要你的 I-94 准许入境号码？请登录网站 www.cbp.gov/I94 获取。）2 若雇主、地方、州或联邦机构索要您的 I-94 资料，请登录网站 www.cbp.gov/I94 获取。

原来，外国人合法踏入美国国土，就会生成一个准许入境号码（Admission Number）。你登录那个网站，输入你的国籍、姓名、护照号码等信息，就会得到你的 I-94 号码。

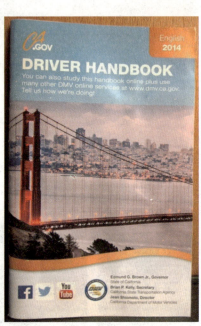

A　　　　　　　　　　B

有护照和 I-94 号码，就可以在 DMV 领取驾照申请表——照片 A，申请表表头的文字是：DRIVER LICENSE OR IDENTIFICATION CARD APPLICATION（驾照或身份卡申请表。）按要求逐项填写后交给工作人员。然后，工作人员会给你一本书——照片 B，书名是 *DRIVER HANDBOOK*（《驾驶员手册》）。你带着这本书回去好好读，读完后有把握了，来这里笔试。笔试通过了，会给你一个 driver permit（准许开车证），不是 driver license（驾照）。有了 driver permit，你才可以学车，自学或去驾校均可。学得有把握了，再回到 DMV 接受驾驶测试，通过了，交 33 美元，就可以拿到驾照。加州的笔试试题有汉语试卷。英语没把握的中国人可以选择汉语试卷。

第一部分　交　通

Train 火车

　　在美国，四通八达的是汽车、飞机，相比之下火车并不发达。19世纪末叶，美国铁路里程占全世界1/3那个时代已不复存在。当年大批华人参与修建的横跨美国大陆的东西大动脉已辉煌不在。但是，铁路仍在运行，主要是货运。客运由官方的美铁（Amtrak）管理，而货运则由私人公司管理。货运里程依然是世界第一。

　　　　　　A　　　　　　　　　　　B

　　照片A中，可以看到路旁的杆子上钉着4块牌子。上面的三块合起来表示的是铁路车站的方向。箭头表示火车站方向，箭头下面的文字是CALTRAIN——铁路线的名字。最下面的牌子表示去CHAMBER OF COMMERCE（商务部）的方向。Caltrain是北起旧金山、南到Gilroy的一段铁路，全长124.6公里，29个站，途径硅谷，在斯坦福大学体育场有一站。Caltrain将成为正在修建的加州高铁（California High-Speed Rail）的一部分。加州高铁的干线是旧金山到洛杉矶，将于2029年通车，时速是320公里。

　　照片B是站台上的自动售票机，按操作提示购票即可。

99

想去美国？先看懂这些照片

A B

照片 A 是一个公园边上的火车站。火车车厢门口站着一位列车员，有几位乘客推着自行车在上车。车厢门口的两边各有一个图标，一个蓝色，一个黄色，图标上都有文字，见照片 B。

从照片 B 可以清晰地看到，蓝色图标是一个残疾人进入车厢的图标，上面的图文是 ♿ Access Car，整个图标的意思是：残疾人从此上车。Car 是火车车厢。黄色图标是一辆自行车进入车厢的图标，上面的文字是 Bike Car，整个图标的意思是：自行车车厢。这是一列短途火车班车（commuter train），有残疾人车厢和自行车车厢。

照片中，可见车站内的两个警示牌，左边的牌子上有一个红色圆，里面的文字是 PROOF OF PAYMENT SYSTEM（确认购票系统），类似自动售票机管理，旁边的文字的汉语译文：上车前，必须持有 CALTRAIN 有效车票。右边牌子上的文字是：CAUTION EXPRESS TRAINS STAY BEHINDYELLOW LINE NO TRESPASSING – STAY OFF TRACKS! TRESPASSERS SUBJECT TO CITATION. CA

第一部分 交　通

PENAL CODE §555.369 (i).602〔注意快车。站在黄线后面候车，禁止擅入——远离铁轨。擅入者会被起诉。加州刑法典555.369 (i).602条款。〕§是章节符号。PROOF OF PAYMENT SYSTEM（确认购票系统）要求乘客购票后上车。逃票初犯者罚款50美元，再犯者罚款150美元，屡犯者罚款270美元。如此重罚，让逃票者生畏，不敢造次。fare evader逃票者。

　　　　　　A　　　　　　　　　　　　　　　　B

照片A是椅背上钉的一个牌子，上面文字的汉语译文是：老年人、残疾人优先座位。

照片B是站台上的一个牌子，上面文字的汉语译文是：需要帮助上车的残疾人候车区。

　　　A　　　　　　　　B　　　　　　　　C

照片A地面上的文字的汉语译文是：帮助上车区。照片B是一个残疾人在上车，进入轮椅升降机。照片C是残疾人轮椅升降机。

101

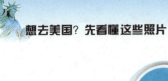

38　Airliner 飞机

A

B

照片 A 中的文字是 TO TERMINAL　KEEP RIGHT（去航站楼　右行）。terminal 航站楼，可以用缩写 T 代表。在去机场的路上如果看到交通标识 T1、T2、T3，那是告诉你，去往第一、第二、第三航站楼的方向。

照片 B 是西雅图机场主航站楼内的一个告示牌。Bag Claim 领取行李。Terminal 1（1 号航站楼）。Terminal 2（2 号航站楼）。

主航站楼（Main Terminal）有 A、B、C、D 四个候机大厅（Concourse），分别有 14、13、7、10 个登机口（Gate）。主航站楼外，还有南北两个卫星航站楼（Satellite Terminals），分别有 13、14 个登机口。两个卫星航站楼也叫 Terminal 1、Terminal 2。

A

B

第一部分 交 通

照片 A 是航站楼内的一个告示牌。照片中央自上而下的图文的汉语意思是：厕所，喷泉饮水处，报纸杂志和礼品小卖部。restroom 是美国英语，toilet 是英国英语，意思一样，都是厕所。照片 B 是一个 News & Gifts（报纸杂志和礼品小卖部）。

A　　　　　　　　　　　　　B

照片 A 是机场内的一个告示牌，上面图文自上而下的汉语意思是：领取行李，地面交通服务，厕所。Ground Transport 有的机场写成 Ground Transportation，服务内容一样。Ground Transport（地面交通服务）是指机场的出租车、公交车、地铁、去宾馆的班车等项服务。

照片 B 是一个领取行李的转盘，英语是 baggage carousel。较大的机场可能会有多个 baggage carousels。

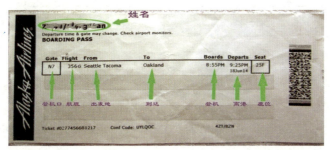

这是一张 boarding pass（登机牌），上面的主要信息要知道。

左端的黑条白字是航空公司的名称 Alaska Airlines。右端是扫描条码，不用管它。中间的主要信息的对应汉语见照片。

103

这是另一张 boarding pass（登机牌），上面的主要信息要知道。自上而下：左上角绿色圈内是姓名。姓名下面的一行文字是：

SAN FRANCISCO TO BEIJING（旧金山至北京）

（两条虚线中间的信息）对应的汉语翻译：

美联航889	登机口	登机时间	座位	
旧金山—北京	96	上午10：35	33A	
2014年6月25日 周三	登机口 可能有变更	离港： 上午11：25	靠窗	登机 排队分组 3
		到达： 下午2：40	经济舱	
			舱门通道排	

UA（United Airlines）美联航

●10：35A ＝ 10：35AM

●EXIT ROW ＝ emergency exit row（应急出口舱门通道旁边的一排座位）。大型飞机的机身除前后两端，中间还有一个应急出口舱门，是应急情况下才启用的。靠近这个出口舱门的那排座位就叫 EXIT ROW。

●BOARDING GROUP 3（登机排队分组3）。在登机口，几百人的大飞机乘客会被分成几个小组，顺序登机，以便节省时间。登机口前会竖起几个牌子，牌子上分别有1、2、3……标识。乘客要按照登机牌上的排队分组编号，在和自己号码相同的牌子前排队。然后一一走进机舱，去找自己的座位。

这个登机牌上还有红字母 DOC CHECKED（文件已检查）和 DOCS OK（文件没问题）。DOC ＝ document；DOCS ＝ documents。这是在登机手续办理处

第一部分 交 通

（check-in）给你发登机牌时，盖上的红字母。"文件已检查""文件没问题"——什么文件？就是说你的护照、签证等没问题。

A   B

照片 A 是美联航飞机安全指南的首页。

第一行是 UNITED 和美联航的图标。

第二行是 SAFETY B747 Premium（波音 747 安全至上）。safety premium 安全第一。premium 意思是"优质的，最重要的"。在加油站油价牌子上也常见这个单词：unl. premium 无铅优质汽油。unl. = unleaded。

第二行下面的绿色白字是多种语言，表达的是同一个意思。其中黄色方框内的文字是英语：If you are sitting in an exit row please identify yourself to a crewmember to allow for reseating if: You lack the ability to read, speak, or understand the language, or the graphic form, or the ability to understand oral crew commands in the language specified by the airline.（如果您不懂我们的语言，看不懂，也不会说，看不懂图示，听不懂我们机组人员用本航空公司指定的工作语言给您的指令，但是您的座位在应急出口舱门通道上，那么请告诉机组人员，我们会重新安排您的座位。）

如果你登机牌上的座位碰巧是应急舱门通道那一排，而且最靠近舱门，你不必主动向机组人员说明你懂不懂英语。实际情况是，你刚落座在那里，空姐（美联航应为空奶奶）就会拿着这份安全指南主动过来，问你首页头条的内容。如果你无法和她交流，你还是让她另给你安排个座位；如果你能和她交流，那就留在原座位更好。因为这排座位前面是空白地，脚可以伸出去活动活动，厕所就在旁边，"起居"也方便。

照片 B 是飞机上的空姐。在美国、欧洲等航空公司的飞机上，经常会看到这样的空姐，和中国、新加坡等航空公司的空姐比，她们算是"空奶"了。

105

　　　　　　　A　　　　　　　　　　　B

　　长途飞机都会提供便餐，每人一份，同时会搭配一些调料、小吃之类物品。能看懂包装袋的英语单词，就知道袋内所装何物。不然，怎敢贸然食用？

　　照片 A 是一个包装袋，里面装有两种相互隔离开的物品，上面的是 Salt（盐），下面的是 Pepper（辣椒）。照片 B 包装袋上的文字是 Sugar（糖），其他的小字就不用管它了。

　　　　　　　A　　　　　　　　　　　B

　　照片 A 是个牙膏袋状的小袋子，当中的文字是 Light Mayonnaise（淡蛋黄酱），右上角的文字是 CAGE FREE EGGS（土鸡蛋），意思是蛋黄酱是土鸡蛋做的。照片 B 是蛋黄酱袋子背面的封口处，黑色条状上的白字是 TEAR HERE（此处撕开）。

第一部分 交 通

  A   B

  照片 A 袋子里是什么？Alaska Airlines 是航空公司的名字。袋子中间的文字是 Crunchy Snack Mix（松脆小吃什锦）。crunchy 松脆的。snack 零食小吃。mix 多种风味混杂的食品。

  照片 B 是一个透明的包装小食品。中间椭圆内的文字是商标名称。商标上下都有明显的英语单词 Cookie（小甜饼）。

  A   B

  飞机上的小食品，有的免费赠送，有的要自费购买，有的部分赠送、部分购买。各航空公司规定不一。照片 A 和 B 是小食品和饮料的价目表。价目表表头的文字见照片 B。

  第一行是航空公司的名字 Alaska Airlines。

  第二行是 SNACKS & DRINKS（小吃和饮料）。

  第三行是 APRIL - JUNE 2014（2014 年 4—6 月）。

  第四行是 SNACKS AVAILABLE FOR PURCHASE（小吃有售）。

想去美国？先看懂这些照片

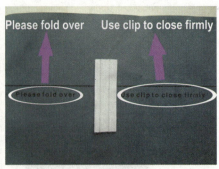

A　　　　　　　　　　　B

晕机呕吐是经常发生的事。遇到了，不要慌张。你前面座位的背面袋子里有呕吐袋，上面有文字，可拿取使用。注意别拿错了，误事。

照片 A 是呕吐袋的正面，上面的文字是 For motion sickness and refuse（颠簸呕吐和垃圾袋）。照片 B 是呕吐袋的背面，箭头所指是放大了的黑色文字，左边的是 Please fold over（从此处折叠封口），右边的是 Use clip to close firmly（用胶带纸条封紧）。中间的白色小条就是 clip（胶带纸条）。

A　　　　　　　　　　　B

飞机上有厕所，乘客必然要使用。但是，进去后要知道正确使用，里面的标识和英语单词要知道。照片 A 是便池冲刷按钮，上面的英语单词是 Flush（冲洗），便后按一下就得。

照片 B 是厕所内的紧急呼叫按钮，上面的文字是 Attendant Call（呼叫服务员）。attendant 服务员。call 呼叫。别把 Attendant Call 误解为服务员呼叫。如果你在如厕中遇到任何突发事情，如心脏病突发、不会开门出去等，就可以按一下这个地方，服务员就会来帮你。

A　　　　　　　　　　　　　　B

飞机上的厕所是公共厕所，谁都在用。为了讲究卫生，解大便前可以在便池上铺上坐便纸。怎么拿取坐便纸？要看懂文字说明，否则拿不出来。

照片 A 中，箭头所指就是放坐便纸的地方，箭头旁边的文字是：First Pull UP Then Pull DOWN（先向上推一下，然后向下抽出来。）直接硬抽是拿不出来的，或者拿出来成了碎纸片。

照片 B 是洗手池旁边的一个垃圾投入口，上面有图和文字。文字有两行。第一行是 No Cigarette Disposal（禁止投入烟头）。第二行是一个单词 Push（按下）。

A　　　　　　　　　　　　　　B

照片 A 是厕所内的一个小抽屉，上面的英语单词是 AMENITIES。amenities 的常用词义不是"便利设施"吗？飞机厕所小抽屉里的 amenities 是什么东西？你拉开后，看到的就是照片 B。哦，是呕吐袋、卫生纸等。因此，此处的 amenities 是"方便用品"。

想去美国？先看懂这些照片

  A   B

  照片 A 中的两段文字上下分别是：Open Door Slowly（慢慢开门。）FEDERAL LAW PROVIDES FOR A PENALTY OF UP TO ＄2,000 FOR TAMPERING WITH THE SMOKE DETECTOR INSTALLED IN THIS LAVATORY.（依据联邦政府的法律，破坏本厕所吸烟监控感应器者，罚款最高可达 2,000 美元。）文字下面的两个图示：左边的是禁止吸烟，一目了然；右边的是门闩在箭头指示的方向。

  照片 B 中的文字是：LATCH CLOSED DURING TAKE OFF AND LANDING（起飞和降落期间，门闩会锁死。）这是提醒使用厕所的乘客掌握好时间，别到时出不来了，误事。

  A   B

  美国的航空交通很发达，小的城市、城镇也可能有机场，但都是小飞机。照片 A 就是一个小机场的小飞机。和大机场的管理相比较，小机场有些不同之处。比如，在大飞机上可以随身带进机舱的行李箱，在小飞机上就不让带进，因为机舱内的座位上方没有放行李箱的地方。照片 B 就是小机场的一个告示，上面文字的汉语译文：地平线航空公司。请把大一点儿的行李箱放在这里。carry on 也可写成 carry-on，是名词，意思是小的行李箱。

坐小飞机领登机牌时，工作人员会把一个标签拴在你的小行李箱上。这是标签的正面。

左边一组文字自上而下汉语译文：

第一行：Alaska Airlines 航空公司的名字。

第二行：小件行李。

第三行：随身行李。

第四行：请到机身旁领取。意思是下飞机后，不用去候机大厅里的转盘那里领取，而是走出飞机后，就在地面领取。

右边一组文字如下所示：

文字的汉语译文：行李箱内禁止放置危险物品，其中包括备用的锂离子电池——如电脑电池。这样的电池必须随身带入客舱。ride 乘坐。

这是标签的背面。

左边一组文字同正面。右边一组文字如下照片所示：

111

想去美国？先看懂这些照片

PASSENGER LIMIT OF ONE CARRY-ON ITEM NOT TO EXCEED 10" BY 24" AND ONE SMALLER PERSONAL ITEM.

BAGGAGE IS SUBJECT TO APPLICABLE TARIFFS INCLUDING LIMITATIONS OF LIABILITY CONTAINED THEREIN FRAGILE. VALUABLE ARTICLES ACCEPTED AT PASSENGER'S OWN RISK. SEE CUSTOMER SERVICE AGENT OR ALASKA.COM FOR MORE INFORMATION.

REPORT ANY BAGGAGE LOSS OR DAMAGE IMMEDIATELY.
CLAIMS NOT ACCEPTED AFTER:
24 HOURS (DOMESTIC)
7 DAYS (INTERNATIONAL)

文字的汉语译文：

乘客的行李限制：一个不超过 10×24 英寸的小行李箱和一个更小的物品。

行李可能要缴纳相应的关税，包括放置在此行李内的损坏自负的易碎的贵重物品。

行李丢失或损坏要立刻申报。

申报超过以下时间无效：24 小时（国内航班）；7 天（国际航班）。

　　　　　　A　　　　　　　　　　　　　　B

小飞机着陆后，你走出机舱，就会看到机身旁边有这样一个八角形的牌子，如照片 A，上面文字的汉语译文：欢迎。请在此处等候你的"随身行李"物品。谢谢合作！地平线航空公司。

照片 B 也是一个小飞机着陆后领取行李的地方，不过不在机身旁，而是在走出机场的通道里，上面文字的汉语译文：地平线航空公司，请在此处取走你的小件行李。

第二部分
旅游景点

— Tourist Attractions —

第二部分　旅游景点

San Francisco 旧金山

1.1　Golden Gate Bridge 金门大桥

金门大桥是公认的美国主要景点之一，因为这里不仅有风景，还有历史和人文。

金门大桥全长 2737 米，宽 27.4 米，6 条汽车道，东西两侧各有 2 米宽的人行道，人行道上可以通自行车。

金门大桥是南北走向。单向收费，即从北进入的车辆收费。桥的南端有大桥总工程师 Joseph Strauss 的雕像。桥的北端有一个铜雕像（The Lone Sailor《孤单的海员》），是一个要出海的海员。

站在桥上向东望去，有一个叫 Alcatraz 的小岛，是曾经关押最危险罪犯的监狱。岛不大，但名气不小。有很多反映这座小岛的纪录片或电影，真真假假地描述罪犯越狱的故事。

从照片中可以看到，金门大桥有 6 车道和两边 2 米宽的人行道。桥的左边是东，右边是西。桥的右边是太平洋，左边就是旧金山海湾。旧金山市在照片左

上方，即桥的东南方向。

这是桥头入口处的告示牌。上面的文字从上到下分别是（汉语译文）：金门大桥，有强阵风，建议自行车推着走，慢点儿。周一至周五的上午5点至下午3点半，使用东边的人行道，下午3点半至晚上9点使用西边的人行道。周六、星期天、节假日上午5点至晚上9点使用西边的人行道。

告示牌的底部有4个红色的图标。自左至右的文字分别是（汉语译文）：注意：桥上禁止玩滑板，禁止滑旱冰，禁止蹬滑板车。

A　　　　　　　　　　　　　B

照片A：禁止带动物上桥，导盲犬除外。照片B是2米宽人行道的标识图，左边走行人，右边走自行车。当中的黄色虚线表示行人和自行车可以串道。

第二部分　旅游景点

　　　　　A　　　　　　　　　　　　　　B

　　照片 A：自行车道。照片 B：自行车慢行，靠右行，随时准备停车，礼让行人。yield 礼让行人。

　　　　　A　　　　　　　　　　　　　　B

　　照片 A：紧急电话和危难时刻呼救。照片 B：危难时刻咨询，打个电话，有望脱难。从桥上跳下去的后果是致命的悲剧。

　　　　　A　　　　　　　　　　　　　　B

117

照片 A：注意人行道和车道之间有缝隙。带好自己的孩子，不要让孩子走近路肩。照片 B：注意，下面有工作人员在工作。

A

B

照片 A：晚上 9 点后禁止行人过桥，但是自行车可以过。过桥时间因季节而定。按钮，收费处给你开门。照片 B：临时围栏。金门大桥防地震更新工程施工。

A

B

照片 A：限速 45 英里。照片 B：桥上禁止掉头。

A

B

第二部分　旅游景点

照片 A：桥上禁止换轮胎。照片 B：减速慢行，靠右行驶。

　　　　　　A　　　　　　　　　　　　　　　　B

照片 A：按按钮，打开门。照片 B：下一个出口，限速每小时 15 英里。MPH = Miles Per Hour。桥上的车速限制是 45 英里/小时。但是过了桥，下一个出口要求不同的车速。交通告示牌都是提前告知的内容。

在桥的北端有一个铜雕像（*The Lone Sailor*《孤单的海员》），是一个要出海的海员。他上身穿一件典型的海员半身大衣，领子竖起来遮挡海风，两只手插在口袋里。他的左脚边是一个帆布行装袋，靠在系船桩上。这个雕像是献给曾经从金门出海为国家效力的海军、海军陆战队、海岸警卫队、商船队所有水兵和海员的。第二次世界大战期间，从金门出发，奔赴大海，与法西斯作战的青年男女士兵有 150 万人之多，许多人为国捐躯，再也没有回来。

这个雕像是 2002 年的复制品，原件在首都华盛顿的美国海军纪念广场上。

在 2002 年 4 月 14 日的落成典礼上，美国退伍军人部部长 Anthony Principi 深情地说，《孤单的海员》是荣誉、尊敬、献身使命的象征。"他"为国家的安全

119

和繁荣做出了贡献。他不仅代表着过去的水兵，也代表着今天和未来服役的水兵们，当祖国需要时，他们会继续献身自己的使命。

　　　　　　A　　　　　　　　　　B

　　照片 A 是这个孤单的海员在遥望金门大桥南端的旧金山市。拍照时，正好一只小鸟落在他的头顶上。似乎小鸟飞来为他送行，告诉他：远洋此去多险路，青鸟殷勤为探看。照片 B 是铜像旁边的铭文铜牌。铜牌上的文字如下所示：

The Lone Sailor

　　This is a memorial to everyone who ever sailed out the Golden Gate in the service of their Country-in the Navy, the Marine Corps, the Coast Guard, the Merchant Marine.

　　A ship heading for sea passes directly by this spot at the northern end of the Golden Gate. Here the Sailor feels the first long roll of the sea, the beginning of the endless horizon that leads to the far Pacific.

　　There is one last chance to look back at the city of San Francisco, shining on its hills, one last chance to look back at the coastline of the United States, one last chance to look back at home.

　　Thousands and thousands of American seafarers have sailed past this place, in peace and war, to defend this Country and its sea frontiers. Many of them never returned. This monument is dedicated to the ordinary Sailors and Marines who sailed from this place and did their duty.

Carl Nolte

第二部分 旅游景点

汉语译文：

孤单的海员

这尊铜雕献给曾经从金门出海为国效力的所有人，他们当中有海军、海军陆战队、海岸警卫队、商船队的水兵和海员们。

出海的舰船就从金门北端的此处经过。站在此处的这位海员感到了海浪翻滚而来的第一个浪头，他要从此起步，走向天边无际的地平线，消失在遥远的太平洋。

这是最后一次回眸旧金山了，这座阳光下的山城。这是最后一次回眸美国的海岸线了，在故土上回眸我的祖国。

不管是和平时期，还是战争年代，都有成千上万的美国海员经过这里奔向大海，去捍卫自己的国家和海疆。他们当中有许多人再也没有回来。谨以此铜雕献给那些普通的海员和水兵，他们曾经从此出发远行，履行自己的使命。

卡尔·诺尔蒂

Carl Nolte（卡尔·诺尔蒂）是美国著名的战地记者，旧金山本地人。

1.2　Alcatraz Island 鹈鹕岛

121

想去美国？先看懂这些照片

这张照片是站在金门大桥的中部拍的，距 Alcatraz Island（鹈鹕岛）约 5 公里，目标太小，距离太远，只是影绰可见。这个小岛又名 The Rock（大石头），在辽阔浩渺的旧金山海湾中，只不过是一块大石头而已。但是，这块石头的名气却不小，那里曾是关押美国最危险罪犯的地方。四面环水的地理位置，决定了它是罪犯的绝地囚笼。然而，出于求生的欲望，仍然有罪犯潜逃的事情发生。于是，那些插翅能飞的传说成了电影、小说创作的素材。从而 Alcatraz Island 闻名了美国，闻名了世界，成了旅游景点。

　　　　　　　　　A　　　　　　　　　　　　　　　　　B

图 A 是一个示意图，显示 Alcatraz Island（鹈鹕岛）的地理位置。这个小岛距它南面的旧金山市岸边 1.66 公里，距西面的金门大桥 4.95 公里，距东面的 Treasure Island（金银岛）3.7 公里，距北面的 Angel Island（天使岛）3.14 公里。鹈鹕岛上起初没有多少土壤，只是一块大石头，现在岛上的土，大部分是从北面的天使岛运来的。Treasure Island（金银岛）是人工岛，1936—1939 年用建造海湾大桥的沙石泥土堆积而成。Treasure Island 取名于同名小说，其作者是苏格兰作家 Robert Louis Stevenson（罗伯特·路易斯·史蒂文森），史蒂文森的妻子是旧金山人，他们曾在旧金山居住生活过。

照片 B 是 Alcatraz Island 的近景。

Alcatraz Island 的命名起源于西班牙语。1775 年，西班牙人经过这里，发现这个小岛上有许多鹈鹕鸟，于是给它起了个西班牙语名字 La Isla de los Alcatraces，英语的意思是 Island of the Pelicans（鹈鹕岛）。西班牙语 Alcatraces（鹈鹕）的发音演变成了 Alcatraz。因此，Alcatraz Island 译成汉语"鹈鹕岛"更确切些。

第二部分 旅游景点

Pelicans 鹈鹕

1859 年，鹈鹕岛开始启用来关押战犯，到 1933 年改为关押重刑犯。1963 年全部犯人转走，结束了监狱岛的历史。

鹈鹕岛上有 4 个监区。A 区储藏物品，B、C 区监舍，D 区监舍和禁闭室（solitary confinement cells／chambers）。鹈鹕岛上的监室全部是一人一室，避免了犯人之间相互攻击、伤害。大多数罪犯的罪行是暴力抢劫银行、绑架等。死刑犯的处死并不在这个岛上执刑。

这里曾经关押过清末义和团成员。义和团也叫义和拳（Boxers）。

这个岛上的警察、工作人员、家属等有 300 多名，其中华裔人数最多。岛上的家属有老人、小孩。关押 5 年以上、不再有暴力倾向的犯人常被招来为家属服务。

有的犯人服刑期间成了研究种植花草、饲养鸟类的能手。

1972 年，尼克松总统签署了建立 Golden Gate National Recreation Area（金门国家休闲区）法令，这个休闲区归国家公园管理，鹈鹕岛是这个公园的重要景点。目前，鹈鹕岛每年的游客达到了 130 万。

1.3　Lombard Street 九曲花街

Lombard Street（伦巴底街）是旧金山的一条东西大街，西起 Richardson Ave，东到 27 号码头，约 4 公里。其中有一段很短，仅 125.7 米，在南北向的 Hyde Street 和 Leavenworth Street 之间。街虽短，但有 8 个弯，街中种满了鲜花。中国人称之为九曲花街而不是八曲花街，是因为"九"在汉语里常用来表示"多"，如九死一生、三教九流。Lombard Street（伦巴底街）因这段街道而闻名，因而成了整条 Lombard Street 的代名词。

　　九曲花街原来是直的，因为坡度太陡，为安全起见修成了如今这个样子，无意中成了旧金山的一个景点。

　　这张照片就是九曲花街。底部是出口，顶部是入口。九曲花街是单行道，即从上向下行。

A

B

第二部分 旅游景点

从照片 A 中可以看到，车道的两侧是人行道，游客可以沿街而上，走马观花。照片 B 是九曲花街的路面，很特殊，是用红砖铺成，与常见的路面不同。

A　　　　　　　　　　　　　　B

照片 A 是九曲花街的出口，牌子上的文字是 DO NOT ENTER（禁止驶入）。照片 B 是九曲花街的入口，牌子上的告示是一个弯曲的箭头，表示这条街多弯路，数字 5 表示限速 5 英里/小时。

1.4　Castro Street 同性恋大街

旧金山有一条街道——Castro Street（卡斯特罗街），南北向，南起 18 街，北至 Waller 街，全长约 3 公里。这条街上的居民 41% 是同性恋者。

heterosexual 异性恋者。homosexual 同性恋者。lesbian 女同性恋者。gay 男同性恋者。bisexual 双性恋者。transgender 跨性人同性恋者，跨性人包括 transsexual 变性人、drag dresser 变装人、intersex 雌雄同体人。变装人又分为 drag queen 男扮女装者、drag king 女扮男装者。异装人（transvestic fetishist）不是变装人，他们是异性恋者，只是对异性服装有癖好。

LGBT = Lesbian, Gay, Bisexual, Transgender。LGBT 是首字母缩写。在同性恋者活动或组织中，经常用 LGBT 泛指同性恋。

想去美国？先看懂这些照片

A　　　　　　　　　　　　　　B

　　照片 A 就是同性恋人街，红色招牌上的文字 CASTRO 就是街名。The Castro 既可以表示这条街的街名，也可以表示这个社区——同性恋社区。照片 B 是同性恋的标志旗，悬挂在同性恋大街上。

A　　　　　　　　　　　　　　B

　　从照片 A 中，可以看到同性恋大街上的一处人行横道线（斑马线）是用同性恋彩旗代替。照片 B 是同性恋者把自己的标识旗制作成了山寨美国国旗，大概是彰显美国是个宽容的国度，容许同性恋合法。2015 年 6 月 26 日，美国最高法院 5∶4 表决通过同性恋合法。

第二部分　旅游景点

A   B

照片 A 是同性恋游行中展示自己的标识旗。他们的旗帜有 6 色组成，各个颜色的含义见照片 B 中文字的汉语译文。红色：生命。橙色：康复。黄色：阳光。绿色：大自然。蓝色：和谐。紫色：精神。

这是旧金山大学的游行方队。他们身披彩虹旗，手举着彩虹旗，脸上画着彩虹旗。黄色背心上印的文字是：PRIDE 2015　UNIVERSITY OF SAN FRANCISCO（同性恋游行　2015　旧金山大学）。

A   B

127

想去美国？先看懂这些照片

照片 A 中，标语牌上的文字是：LOVE HAS NO GENDER（爱不分性别。）照片 B 中，游行者手中标语牌上的文字是：ALL LOVE IS EQUAL（各种爱都是平等的。）

A　　　　　　　　　　　　B

照片 A 中标语牌上的图文意思是：I LOVE MY GAY SON（我爱我的同性恋儿子。）儿子是同性恋，但母亲依然爱自己的孩子。照片 B 中标语牌上的文字是：I LOVE MY TRANSMAN（我爱我的跨性男人。）

trans man（女变男）= F2M = F to M = female to man

trans woman（男变女）= M2F = M to F = male to female

所谓 M2F，是指生下来时根据外生殖器官被认定为是男孩，但是在成长过程中自己认为自己是女孩的人。这些人有的服用雌性激素，使自己的乳房、体形成为女性；有的做阴道再造手术；有的任其自然，而服饰等外在显示均为女性。F2M，反之亦然。

A　　　　　　　　　　　　B

第二部分　旅游景点

　　照片 A 中，孩子坐的车后面橙色标语上的文字是：We're a GAY and HAPPY FAMILY（我们是一个幸福的同性恋家庭。）同性恋的孩子当然是收养的。孩子如何称呼父母呢？据说，男同性恋家庭中，一个叫 dad，一个叫 papa。女同性恋家庭中，一个叫 mama，一个叫 mom。

　　照片 B 中，游行队伍的车子上坐着一个人，此人名叫 Miss Major Griffin-Gracy，通常被称为 Miss Major（梅姐）。梅姐是 trans woman（男变女）。同性恋游行活动的形成和梅姐有关。1969 年 6 月 28 日，在纽约曼哈顿 Stonewall Inn（石墙旅馆）有 200 多名同性恋聚集"淫乱"。警方到场抓捕（20 世纪的五六十年代，同性恋被法律定为犯罪，轻者罚款，重者判刑，甚至终身监禁。有的州甚至规定阉割，割去睾丸或摘除子宫）。警察抓捕未成，反被扣押，骚乱中旅馆被焚烧。此事件引发了全国同性恋者抗争人权运动。从 1970 年起，每年游行日都是纪念 1969 年的骚乱日。梅姐是当年骚乱现场的领袖，后移居加州，依然被同性恋者推崇。

A　　　　　　　　　　　B

　　照片 A 中的文字是：THANK YOU SUPREME COURT（谢谢最高法院。）2015 年 6 月 26 日，美国联邦最高法院以 5∶4 投票结果，批准同性恋结婚合法。但并非人人支持。阿肯色州的一个负责登记结婚的办事员 Kim Davis，因拒绝给同性恋开结婚证而入狱 6 天。而 9 月 24 日，访美的教皇会见了 Kim Davis，称赞她的良心和勇气。《圣经》认为，同性恋是犯罪。

　　照片 B 中的文字是：PROUD TO OFFICIATE AT WEDDINGS IN ALL 50 STATES!（可以自豪地在全国 50 个州主持婚礼了!）当然是指同性恋者的婚礼。

129

　　　　　　A　　　　　　　　　　　　　B

　　照片 A 是旧金山市市长李孟贤和夫人 Anita Lee（林进敏）乘车参加同性恋游行，表示支持同性恋。照片 B 是旧金山警察局局长 Greg Suhr 身披同性恋旗帜，带领警员参加游行，支持同性恋。Greg Suhr 是美国年薪最高的警察，年薪 321，577 美元。

　　从 1969 年警察抓捕同性恋，到 2015 年警察局局长带队游行支持同性恋，其间 46 年，局面的变化天翻地覆。

　　　　　　A　　　　　　　　　　　　　B

　　照片 A 是白宫。白宫平时都是白色的，可是在 2015 年 6 月 26 日夜晚被彩色灯光照亮，庆祝最高法院当日上午 5：4 投票通过了同性恋婚姻合法。彩色灯光的六种颜色就是同性恋彩虹旗的六色：红、橙、黄、绿、蓝、紫。

　　照片 B 是奥巴马总统当日在白宫发表讲话，说："Today is a big step in our march toward equality. Gay and lesbian couples have the right to marry, just like anyone else."（今天是我们迈向平等的一大步。男女同性恋情人有权利结婚，和其他任何人一样。）

第二部分　旅游景点

同性恋者兴高采烈，在白宫前庆祝。他们手里举的标语构成的文字是：LOVE WINS（爱胜利了。）他们的胜利来之不易，是多年抗争得来的。他们有结婚的自由了。可是，Freedom is not free.（自由不是白来的）。平等、自由靠自己去抗争。

1.5　Fisherman's Wharf 渔人码头

Fisherman's Wharf（渔人码头）在旧金山西北部海湾岸边，从西面的 Van Ness Avenue 到东面的 Pier 35 码头，包括了 Pier 39 码头，全长约 2 公里。

词汇学习

wharf 和 pier 都是"码头"，区别是：

wharf 泛指岸边装卸货物的码头。pier 是指伸进岸边水域里装卸货物的码头。

A　　　　　　　　　　B

想去美国？先看懂这些照片

从照片 A 中，可以看到渔人码头的标志，一个高悬的轮舵，上面的文字是 FISHERMANS WHARF OF SAN FRANCISCO（旧金山的渔人码头）。文字中间是一个螃蟹图案。照片 B 是一家餐馆的厨师在打理要出售的 Dungeness crab（珍宝蟹）。这种螃蟹生长在北美西海岸，蟹壳直径通常为 20 厘米。好大的螃蟹，肉味鲜美。其名源自华盛顿州西海岸边的一个小镇 Dungeness，那里因盛产和烹调这种螃蟹而闻名。

1.6　Pier 39　39 号码头

Pier 39（39 号码头）是渔人码头区域的一个重要旅游景点。在这里可以看到成群的海狮、漂浮的小岛、闻名遐迩的鹈鹕岛、双层旋转木马、街头艺人、海鸟、各种店铺等。

1.6.1　Notices 告示

　　　　　　A　　　　　　　　　　　　　　　　B

照片 A 是 39 号码头的标志性旗帜——PIER 39。照片 B 是从 39 号码头看 Alcatraz Island（鹈鹕岛）。这个小岛又名 The Rock（大石头），在辽阔浩渺的旧金山海湾中，只不过是一块大石头而已。但是，这块石头的名气却不小，那里曾是关押美国最危险罪犯的地方。每年有 130 万游客到此游览。

A   B

照片 A：39 号码头，任何时候不许停车，违犯者车将被拖走。照片 B 是停车场出口的告示牌，上面的英语的汉语译文是：有停车付费单据者，方可离开。谢谢合作。

A   B

照片 A、B 都是停车场内的告示牌，A 意为：请到付费处交费。B 意为：有付费票据和信用卡者方可从此出场。

1.6.2　Sea Lions 海狮

海狮是 39 号码头的景观之一，成群的海狮聚集在这里。有人说它们是 1989 年加州大地震后过来的，有人说不是。究竟什么原因，没人能说清。不管怎样，这里成了海狮的栖息地，海狮也成了这里的一道奇观。

想去美国？先看懂这些照片

A　　　　　　　　　　　　　　B

从照片 A 中可以看到海狮和海鸟和谐相处。照片 B 中牌子上的文字是：PLEASE DON'T FEED OR HARASS OUR SEA LION FRIENDS　PIER 39（请不要喂食或打扰我们的海狮朋友。39号码头。）

1.6.3　Birds 鸟

A　　　　　　　　　　　　　　B

照片 A 中，一只鸟站在桌子上，游客正在给它照相。从照片 B 中可以看出，人鸟聚餐。鸟屎遍地，吃着午餐是否别有滋味？

1.6.4　Entertainments 娱乐

A　　　　　　　　　　　　　　　B

照片 A 是双层旋转木马（two-story carousel），黄色文字是 EXIT ONLY（只出勿进）。

照片 B 中，一老人在拉二胡，面前放一个圆筒乞求路人施舍。

A　　　　　　　　　　　　　　　B

照片 A 中，一个黑人手里拿着两束绿色树枝，躲在树枝后面，等游客漫不经心地路过时，他把两束树枝突然打开，冷不丁吓游客一跳。游客先是一惊，然后恍然明白是无害的吓人把戏，结果由惊转喜，会给这种街头艺人一点小钱。街头艺人叫 street performer 或 busker。但是，这种人被称作 bushman（树丛人）。许多游客事先知道这里有 bushman，于是并不在意被吓一跳，反而转变成开心。bushman 不会吓唬老年人、婴幼儿。

照片 B 中，惊喜后的游客在给 bushman 小费（tip）。

1.6.5　Shops 店铺

　　　　A　　　　　　　　　　　　　B

照片 A 是一个酒吧的招牌，上面英语的汉语译文是加州酒吧。

照片 B 是一个卖衬衫的店铺，门面上的招牌文字是 SHIRTIQUE。英语中并没有 shirtique 这个单词，但是有 boutique（时装店），源自法语，意思是 fashion shop。店主可能是模仿 boutique，造出了 shirtique。效果不错，让人一看就知道是个卖 shirt 的时装小店。小店门内可见一个红色标牌，上面的文字是：Dress 2 For ＄10　＄7.99 each（服装，2 件 10 美元，1 件 7.99 美元。）

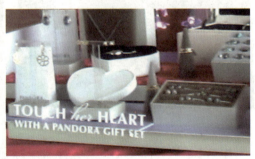

　　　　A　　　　　　　　　　　　　B

照片 A 是一个卖珠宝的店铺，门面上的招牌文字是 Charms by the Bay（湾区女人饰品店）。charm 女人饰品。橱窗左下方有两行文字，见照片 B：TOUCH her HEART WITH A PANDORA GIFT SET（送一套潘多拉礼物，打动她的心。）这显然是冲着男士来的。Pandora（潘多拉）是希腊神话中 Prometheus（普罗米修斯）创造的第一个女人。众神给了潘多拉许多珠宝首饰礼物。希腊语中 pan ＝ all，dora ＝ gifts，因此 Pandora 有了"所有珠宝礼物"的象征含义。据此，丹麦在

1982 年创建了 Pandora 公司，专卖珠宝首饰，目前在全世界有上万个专卖店。Pandora 除了和珠宝首饰相连，还和潘多拉盒子（Pandora's box）有关。Zeus（宙斯）是众神之王，他送给潘多拉的礼物是个盒子。潘多拉好奇一打开，里面的灾难、瘟疫等跑了出来，来到人间。

A   B

照片 A 是一家珠宝店，招牌上文字的汉语译文是：珍珠生产厂家，夏威夷牡蛎中的天然珍珠。夏威夷——牡蛎——珍珠，不由让人联想到李商隐"沧海月明珠有泪"中珍珠采月光而生长的诗意。照片 B 中，店铺招牌上的文字译文：码头木偶玩具店。

1.6.6 Floating Forbes Island 漂浮的福布斯岛

A   B

照片 A 的右上方有一个白色的灯塔和几棵棕榈树——近距离的图像见照片 B。这是一个漂浮的人工小岛，位于 39 和 41 号码头之间的船坞，但更靠近 41 号码头。小岛名叫 Forbes Island（福布斯岛），1975 年由百万富翁 Forbes Thor Kiddoo 创建。岛上有餐馆，游客可边就餐，边看海狮和栖息在棕榈树上的海鸟。游客登上此岛，需要摆渡船接送。摆渡船停靠在 39 号码头。

| A | B |

照片A中，可看到水面上有岛名招牌文字：FORBES ISLAND。招牌的右上方有白色的告示牌（见照片B），上面的文字译为：订餐电话 415-951-4900。

1.7　Nature Preserve 自然保护区

余晖下的自然保护区。牌子上文字的汉语译文：帕洛阿尔托市，湾区陆地自然保护区。

| A | B |

第二部分　旅游景点

照片 A 中，可以看到木长椅的旁边有一个白色告示牌，牌上的文字见照片 B。汉语译文是：为了野生动物的数量恢复，本区域关闭，禁止离开小路去做任何活动。违者会被罚款至少 250 美元 (依据帕洛阿尔托市法规)。

　　　　　　A　　　　　　　　　　　　　　　B

照片 A 中告示牌上的文字：SENSITIVE HABITAT　RESTORATION IN PROGRESS　SIGN UP TO VOLUNTEER!　　saveSFbay. org（敏感栖息地，生态恢复中。报名成为志愿者。网站：saveSFbay. org）。偌大一个保护区，完全由志愿者管理着。告示牌左下方图画中的文字见照片 B：Since 1961　SAVE BAY（始于 1961 年　拯救湾区）。湾区有野生鸟类 150 余种，还有大批候鸟迁徙路过栖息。以前被人猎杀，有的已濒临灭绝。1961 年保护区建立后，鸟的种类、数量都有回升。

Redwood Park 红杉树公园

地球上最高的树在哪里？在加州的红杉树公园中。

2.1　Signs 标牌

A　　　　　　　　　　　　　B

照片 A：加州小盆地红杉树公园。该公园于 1902 年建立，已有百年历史。把此处的 Big Basin 译成"小盆地"而不是"大盆地"，是因为美国还有一个 Great Basin（大盆地）。两个 basins 比较：此处的 Big Basin 面积 73 平方公里；Great Basin（大盆地）面积是 541,727 平方公里，是 Big Basin 的 7,420 倍。Great Basin（大盆地）的北面是哥伦比亚高原，南面是科罗拉多高原，西面是内华达山脉，东面是落基山，面积是中国四川盆地的 2 倍。

照片 B 中白色文字的汉语译文是：国家和州红杉树公园。该公园是 1968 年整合 3 个相邻的公园组成的，其中有加州红杉树公园。目前，红杉树公园依然是国家和加州共管。

红杉树公园在斯坦福大学正南偏西的 60 公里处。

第二部分 旅游景点

2.2　Walking into the Tree 走进树里

人可以走进树里，这是红杉树公园的奇观之一。世界最高大的树木就在这里。

A

B

从照片 A 中可以看到，一女士推着自行车走进了树里，一男子正准备骑车从树里出来。这个树洞可能是雷电造成的，洞深约 4 米。照片 A 取自照片 B 的下部的一部分。而从照片 B 看到的也只是树干的一部分。从地面到树冠，目测至少有 50 米。几十米高的大树在这里只相当于小学生，百米以上的大树才算成年人。而这里的"成年人"比比皆是。

A

B

照片 A 是一棵倒下的大树，迈步粗略丈量约 101 米，比 100 米跑道还长。这样的大树立起来是什么样子？见照片 B——高耸入云，参天蔽日。

想去美国？先看懂这些照片

2.3　Ever-Living Trees 长寿树

　　　　　　　A　　　　　　　　　　　　　　B

照片 A 中可以看到，树干切面的年轮密如发丝。有多少圈年轮呢？照片右下方有一块牌子，上面的介绍文字（见照片 B）如下：

GROWTH OF REDWOOD TREE

　　The age of a tree can be determined by counting the layers or rings. Each year a tree increases in size by adding a new layer of wood outside the old. The tree from which this cross section was cut was 1,392 years old. The tree was already 948 years old in 1492 when Columbus landed in the Americas. Coast Redwoods are the tallest living organisms on earth. They can grow to be over 350 feet tall and can live to be more than 2,000 years old. Many of the trees in Big Basin are between 1,000 and 2,000 years old.

译文如下：

红杉树的生长

　　一棵树的年龄可以通过数年轮来计算。每棵树生长一年就会在树干外层增加一圈。从这个树干的切面年轮看，此树 1,392 岁。1492 年，哥伦布发现美洲大陆时，此树已经 948 岁了。海岸红杉树是地球上最高的有生命的有机物，可以长超过 350 英尺高，寿命超过 2,000 年。在小盆地红杉树公园，一两千年的大树比比皆是。

2.4　Father of the Forest 森林之父

A　　　　　　　　　　　　B

照片 A 中的大树旁边有个牌子，介绍这棵大树，牌子上的文字见照片 B：FATHER OF THE FOREST　DIAMETER BREAST HEIGHT 16 FT 10 IN CIRCUMFERENCE AT GROUND 66 FT 9 IN HEIGHT 250 FT（森林之父。树胸径 16 英尺 10 英寸，根基直径 66 英尺 9 英寸，树高 250 英尺。）树胸径：在离地面 1.4 米高度处，树干的直径。根基直径：树干根部在地面上的直径。这位森林之父身高 76 米，年龄 2,000 多岁。为什么叫森林之父？因为树干根部有个地方长得像男子的性器官。

2.5　Mother of the Forest 森林之母

A　　　　　　　　　　　　B

想去美国？先看懂这些照片

照片 A 中的大树旁边有个牌子介绍这棵大树。见照片 B：MATHER OF THE FOREST　DIAMETER BREAST HEIGHT 15 FT 3 IN　CIRCUMFERENCE AT GROUND 70 FT　HEIGHT 329 FT（森林之母。树胸径 15 英尺 3 英寸，根基直径 70 英尺，树高 329 英尺。）这位森林之母身高 103 米，年龄 2,000 多岁。为什么叫森林之母？因为树干根部有个洞，像女子的性器官。

把大自然的造化和鬼斧神工加上人文的元素，中国也有。如广东丹霞山的阳元石、阴元石，江西鹰潭龙虎山的金枪峰、羞女峰——大地之母。人类早期对性器官的图腾崇拜是最原生态的淳朴，绵延至今。

2.6　Notices 告示

A　　　　　　　　　　　　　　B

照片 A 是高大的红杉树根围栏旁边的牌子，上面的文字是：DON'T CLIMB THE FENCE　Your footsteps compact the soil, making it harder for these trees to receive water and air. Please help keep our ancient trees intact.（不要翻越围栏，您的脚印会踩压土壤变硬，让这些树木更难吸收到水分和空气。请帮助我们的千年古树不受伤害。）照片 B 棕色牌子上英语的汉语译文是：日间开放区。日落至早 6 点关闭。

第二部分 旅游景点

Hollywood 好莱坞

好莱坞是洛杉矶的一个社区，因 20 世纪初叶电影业的蓬勃发展而闻名于世。

3.1　Hollywood Sign 好莱坞标识牌

好莱坞的标志是好莱坞山上的巨大标识牌——HOLLYWOOD。这个标识牌并不是因为有了好莱坞电影才有的。早在好莱坞电影之前就有了，是地产商为了卖这里的土地而打出的广告。可是，今天这个大牌子和好莱坞电影联姻，成了洛杉矶的主要旅游景点。

A　　　　　　　　　　　　B

照片 A 是站在星光大道上远距离拍摄的好莱坞标识牌。这个牌子在好莱坞小山上，距离星光大道很远。照片 B 是近距离拍照的好莱坞标识牌。

想去美国？先看懂这些照片

  A   B

照片 A 是一条小路，可以爬山到达好莱坞标识牌的后面。但是，此处竖起了一个告示牌，禁止游客攀爬。告示牌上的文字见照片 B。汉语译文为：止步。山林防火区，禁止徒步去好莱坞标识牌，违反者会被逮捕并处罚款 103 美元。依据洛杉矶城市法规 57.25.21［B］条款。

3.2　Walk of Fame 星光大道

  好莱坞大道（Hollywood Boulevard）是穿越好莱坞社区的一条东西大道。其中有一段，路边人行道上镶刻着电影娱乐界的明星星座。一个个方块水磨石上镶嵌着五角星，上面刻有明星的名字、明星类别等信息。这一段好莱坞大道被称作 Walk of Fame（星光大道）。目前，星光大道上约有 2,500 名明星。星光大道西起 Laurel Canyon BLVD，东至 N Vermont Ave，全长估约 2 公里。每年有 1,000 多万游客到此游览。

3.2.1　Various Stars 各类明星

  星光大道上不只有电影明星，还有其他各行业的明星。

第二部分　旅游景点

A　　　　　　　　　　　　B

照片 A 是星光大道一侧的人行道，上面一颗颗五角星就是一个个明星。人行道旁边停着一辆旅游车，就地拉客。照片 B 中，可以看到人行道旁边是个停车场，游人从停车场走出来，步入星光大道。

A　　　　　　　　　　　　B

照片 A 是卓别林的星座，上面的文字是 CHARLES CHAPLIN（查尔斯·卓别林），名字下面的图案是电影摄影机，表示影星。照片 B 是卓别林。

A　　　　　　　　　　　　B

147

想去美国？先看懂这些照片

照片 A 是派克的星座，上面的文字是 GREGORY PECK（格里高利·派克）。派克在 The Million Pound Note《百万英镑》等电影中饰演角色。照片 B 是 PECK。派克曾获 1962 年奥斯卡最佳男演员奖。他热心公益慈善，1966 年担任美国癌症协会主席，1971 年担任电影电视救济金协会主席，竭力帮助处于病痛、贫困中的人们。1969 年，派克获 Presidential Medal of Freedom（总统自由勋章）——美国平民的最高荣誉奖。

A　　　　　　　　　　　　B

照片 A 是秀兰·邓波儿的星座，上面的文字是 SHIRLEY TEMPLE（秀兰·邓波儿）。照片 B 是她的童照。

1935 年 2 月 27 日，秀兰·邓波儿获得第一届奥斯卡少年奖（Academy Juvenile Award），当时 6 岁，之后该奖连续颁发 25 年，1961 年停止。1967 年，在一次聚会上，她丰富的国际知识被亨利·基辛格（Henry Kissinger）发现，于是被举荐随尼克松总统参加了联合国大会。随后，她做过美国驻加纳、捷克斯洛伐克第一位女大使。2014 年 2 月 10 日，她因肺病逝世于家中，葬于 Alta Mesa Memorial Park，Palo Alto。

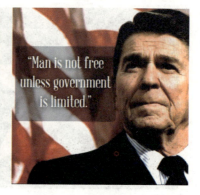

A　　　　　　　　　　　　B

照片 A 是里根总统的星座，上面的文字是 RONALD REAGAN（罗纳德·里根）。里根是美国第 40 届总统（1981—1989 年），曾做过多年的电台、电视台播音员和演员，后从政为加州州长。照片 B 是里根总统的肖像，上面的文字是里根语录：Man is not free unless government is limited.（如果政府不受限制，人民就没有自由。）

照片 E 是唱片（phonograph record），代表音乐（music）。照片 F 是喜悲剧面具（comedy/tragedy masks），代表剧院（theatre）。

迄今为止，星光大道上有 2,500 余名明星。其中，电影占 47%，电视占 24%，音乐占 17%，广播占 10%，剧场表演等不到 2%。

A　　　　　　　　　　　B

照片 A 中的星座不是个人，而是一个群体。1935 年，几个青少年在纽约演出话剧 DEAD END（《穷途末路》）一举成功，接下来连续拍摄了 89 部电影，大获成功。五角星上的文字 THE DEAD END KIDS 的意思是演《穷途末路》电影系列的孩子们。照片 B 中的星座是一个银幕形象——米老鼠，上面的文字是 MICKEY MOUSE（米老鼠）。《米老鼠和唐老鸭》是迪士尼公司拍摄的动画片。

A　　　　　　　　　　　B

想去美国？先看懂这些照片

照片 A 中的星座和其他明星的星座一样，也是方的。但星座内不是五角星，而是圆。这个圆代表月亮。圆内有 3 个人的名字和阿波罗 11 登上月球的日期：NEIL A. ARMSTRONG　EDWIN E. ALDRIN JR.　MICHAEL COLLINS　7/20/69 APOLLO XI（阿姆斯特朗、奥尔德林、科林斯，1969 年 7 月 20 日，阿波罗 XI）。其中，阿姆斯特朗、奥尔德林先后登上月球，科林斯是飞船驾驶员。

照片 B 也是星光大道的一个星座，上面的文字是：HOLLYWOOD WALK OF FAME　50 years 1960—2010（好莱坞星光大道 50 年纪念 1960—2010）。星光大道建于 1960 年，至 2010 年已是半个世纪，这是一个纪念星座。

五角星内的文字是 L. A. P. D.　HOLLYWOOD（洛杉矶警察局 好莱坞）。警察局怎么也成了星光大道的星座？看一看文字下的图案和五角星下的文字说明就明白了。图案和文字说明见以下 A、B。

 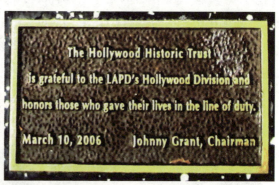

　　　　A　　　　　　　　　　　　　　B

照片 A 中是洛杉矶警察佩戴的 badge（胸章）。胸章上的英文是 POLICE OFFICER　LOS ANGELES POLICE（警官. 洛杉矶警察局）。B 中英语的汉语译文是：好莱坞历史基金会感谢洛杉矶警察局好莱坞分局，并对在执行任务中牺牲

150

的警官们致敬。2006 年 3 月 10 日。董事长约翰·格兰特。在警察星座内还有 7 名警察的名字，左边 4 个，右边 3 个。

3.2.2　Statues of Five Stars 五星雕塑

星光大道的起点是 Hollywood Boulevard 和 Laurel Canyon BLVD 的交会处。在好莱坞大道这边建了一个露台（gazebo），成了星光大道的西大门，露台由 4 个女演员的雕像做支柱，顶端是 Marilyn Monroe 的雕像。

4 位银色女性雕塑代表着不同族群的演员，是她们支撑着电影业，是电影的支柱。这 4 位女性站立的柱石（pillar）上刻写着各自的姓名、生卒岁月、主要作品。

A　　　　　　　　　　　　　B

照片 A 是 ANNA MAY WONG（黄柳霜）脚下的柱石，上面的文字是：ANNA MAY WONG 1907—1961　STARRED IN SILENT AND TALKING PICTURES INCLUDING "THE THIEF OF BAGHDAD" AND "SHANGHAI EXPRESS"（黄柳霜，1907—1961。主演过无声电影和有声电影，其中有《巴格达窃贼》

《上海特别快车》。）照片 B 是黄柳霜的肖像。

　　黄柳霜出生在洛杉矶，是黄家第三代华人，祖籍广东台山，是好莱坞影星中第一位华裔演员，出演过 50 余部影片。1936 年，黄柳霜来华寻亲访问 9 个月，受到顾维钧（中国驻美大使）、梅兰芳、林语堂、胡蝶等名人欢迎。来华路过日本时，日本记者问她结婚了没有，她回答：No, I'm wedded to art.（没有，我和艺术联姻了。）第二天，日本报纸却说：黄柳霜嫁给了广州一个姓 Art 的富豪。可笑。黄柳霜身高 1.69 米，终身未嫁。

　　1961 年 2 月 3 日，黄柳霜因心脏病在家中病逝，去世后葬在母亲墓旁。

　　黄柳霜来华旅行的原因之一是心情不好，因为落选了在 The Good Earth（《大地》）影片中饰演女主角。这部电影是根据同名小说改编，小说的作者是 Pearl S. Buck（赛珍珠）。赛珍珠出生在美国，但是成长、生活在中国，具有双重国籍。赛珍珠 1938 年获诺贝尔文学奖，是第一个获该奖的华人。第二人是高行健。第三人是莫言。

C

D

　　照片 C 是星光大道上黄柳霜的星座，上面是她的名字 ANNA MAY WONG（黄柳霜）。照片 D 是黄柳霜靓照。

A

B

照片 A 是 DOROTHY DANDREIDGE 脚下的柱石，上面的文字是：DOROTHY DANDREIDGE 1923—1965　FIRST BLACK WOMAN TO BE NOMINATED FOR AN ACADEMY AWARD AS BEST ACTRESS FOR "CARMEN JONES"（多萝西·丹德里奇，1923—1965，因主演电影 CARMEN JONES 获奥斯卡最佳女演员提名奖的首位黑人。）照片 B 是其肖像。

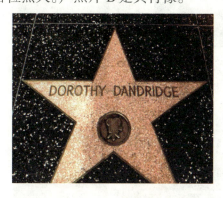

C　　　　　　　　　　　　　　D

照片 C 是星光大道上她的星座，上面是她的名字 DOROTHY DANDRIDGE（多萝西·丹德里奇）。照片 D 是其靓照。

A　　　　　　　　　　　　　　B

照片 A 是 DOLORES DEL RIO 脚下的柱石，上面的文字是：DOLORES DEL RIO 1904—1983　STARRED IN MORE THAN 30 FILMS IN HOLLYWOOD AND DOZENS IN MEXICO INCLUDING "WHAT PRICE GLORY"（多洛里斯·德尔·利奥，1904—1983。在好莱坞主演过 30 多部电影，在墨西哥主演过几十部电影，其中有《光荣何价》。）照片 B 是其肖像。

C D

照片 C 是星光大道上多洛里斯·德尔·利奥的星座，上面有她的名字 DOLORES DEL RIO。照片 D 是其靓照。

A B

照片 A 是 MAE WEST 脚下的柱石，上面的文字是：MAE WEST 1893—1980 WRITER AND STAR OF A STRING OF HITS INCLUDING "I'M NO ANGEL" AND "MY LITTLE CHICKADEE"（梅·韦斯特，1893—1980。作家和连续剧影星，其中包括《我不是天使》和《我的小山雀》）。照片 B 是其肖像照，上面是她的亲笔题字：To Saul, Come up and see me some time, Mae West.（送给索尔，有时间来看我。梅·韦斯特。）

C D

照片 C 是星光大道上梅·韦斯特的星座，上面有她的名字 MAE WEST。照片 D 是其靓照。

A　　　　　　　　　　　B

从照片 A 中可以看到露台上部尖塔的顶端有一个较小的雕像，那是著名影星 Marilyn Monroe（玛丽莲·梦露），其雕像的造型源自她在电影 *The Seven Year Itch*（《七年之痒》）中的招牌姿势（见照片 B）。

玛丽莲·梦露 1926 年 6 月 1 日出生在洛杉矶，身高 1.66 米，有过 3 次婚姻。1962 年 8 月 4 日，梦露独自一人在家中去世，时年 36 岁。报道说，使用过量毒品毁了她的生命。但是，了解她的人说，婚姻的失败和后期从影失败也是导致其死亡的原因。

C　　　　　　　　　　　D

照片 C 是星光大道上玛丽莲·梦露的星座，上面有她的名字 MARILYN MONROE。照片 D 是其靓照。

3.2.3　Grauman's Chinese Theatre 格劳曼中国剧院

格劳曼中国剧院是一座电影院，坐落在星光大道中心地带的路北，是 Sid Grauman（希德·格劳曼）等人在 1927 年建成使用。剧院以 Grauman 的姓氏命名。Grauman 是犹太人，非华裔。如同之前他的埃及剧院有大量埃及元素一样，中国剧院也有许多中国元素。他从中国进口了很多建筑物品，如正门的中国龙、门前的石狮子等。

奥斯卡奖至今已颁发 87 届，其中有 3 次是在中国剧院举行：1944 年第 16 届、1945 年 17 届和 1946 年 18 届。

中国剧院已有近百年历史，历尽沧桑，几经易主，其中最长的主人是 Grauman，约半个世纪。2013 年，中国的 TCL 集团公司斥资 500 万美元购买了该剧院的 10 年冠名权。

A　　　　　　　　　　　B

照片 A 是剧院的正门，中间是中国龙，门前是两个石狮子。照片 B 中，一块大布上的文字是：TCL CHINESE THEATRE IMAX（TCL 中国剧院 巨幕电影）。IMAX ＝ Image Maximum 巨幕电影。

A　　　　　　　　　　　B

第二部分 旅游景点

照片 A 是剧院的正门，上面有多种中国元素。门前一对石狮子，镇宅护院。照片 B 是门前的一个石狮子，脚下是一个小狮子，这是雌狮。另一个石狮子是雄狮，脚下是一个绣球。雄狮保护宅院，雌狮保护宅院内的家人。据说，这对狮子是明朝年间的雕刻品。这种石狮子叫 guardian lions（卫狮），也叫 heaven dogs（天狗）。

A　　　　　　　　　　　　　　B

从照片 A 可以看到，TCL 中国剧院正门两侧还有两个侧门。侧门进去是剧院的前院。走过前院，即可进入剧场。照片 B 是剧院演出大厅。

前院的地面上有一个个水泥方块，上面是明星们留下的足印和手印。如下面的照片所示。

从照片中可以看到 Marilyn Monroe（玛丽莲·梦露）和 Jane Russell（简·拉塞尔）的足印和手印。上面的文字是：Jane Russell　Marilyn Monroe　Gentlemen Prefer Blondes　6－26－53（简·拉塞尔，玛丽莲·梦露。《绅士爱金发女郎》。1953 年 6 月 26 日。）那一天，《绅士爱金发女郎》在此首映，剧组人员临场。梦

157

露和拉塞尔是主演，留下她们足印和手印的同时，把新拍摄的电影名字也写在了两个人的名下。

A　　　　　　　　　　　　　　B

照片 A 是梦露和拉塞尔在水泥地上按手印。照片 B 是《绅士爱金发女郎》的海报。

A　　　　　　　　　　　　　　B

照片 A 是时年 6 岁的小姑娘留下的脚印和手印（footprints and handprints），上面的文字是：LOVE TO YOU ALL　SHIRLEY TEMPLE　3－14－35（爱你们所有的人。秀兰·邓波儿，1935 年 3 月 14 日。）照片 B 是小姑娘的肖像。

3.2.4　Marilyn Monroe 玛丽莲·梦露

星光大道的亮点之一是玛丽莲·梦露的蜡像，栩栩如生，逼真可爱。许多游客排队和她照相留念。

第二部分　旅游景点

　　　　　　A　　　　　　　　　　　　　　B

照片 A 是梦露的蜡像。她高兴地在水泥地上留下手印和签名。从照片 B 中可以看到支撑水泥地的台子上的文字：Madame Tussauds HOLLYWOOD（杜莎夫人蜡像馆　好莱坞），表示此蜡像是杜莎夫人蜡像馆制作。

　　　　　　A　　　　　　　　　　　　　　B

从照片 A 可以看到，原来梦露的蜡像是有轮子的，怪不得她可以出现在星光大道的不同地点。照片 B 是杜莎夫人蜡像馆的好莱坞分馆，是星光大道的一个景点，里面有许多名人的蜡像，如 Michael Jackson（迈克尔·乔丹）、Kobe Bryant（科比·布莱恩特）、Tiger Woods（泰格·伍兹）、Charlie Chaplin（查理·卓别林）、Barack Obama（巴拉克·奥巴马）等。

3.2.5　Street Performers 街头艺人

卖唱的、跳舞的、杂耍的等街头艺人统称为 street performers，而 busker 多用于指卖唱的。

159

A　　　　　　　　　　　　　　B

照片 A 中可看到卖唱艺人，他们前面有一个接收小费的盒子。照片 B 是一个杂耍艺人，他在玩篮球花样。他身边的收钱盒上写着 tips for tricks（杂耍给点儿小费）。

3.2.6　Impersonators 模仿秀

模仿名人的人叫 impersonator，模仿自己偶像的人叫 wannabe。但是，二者也没有明确的界限。

A　　　　　　　　　　　　　　B

照片 A 是一个模仿自己偶像的人，蹲在梦露的星座上，是个 wannabe。照片 B 也是模仿梦露的人，但此人不同于照片 A 中的 wannabe，她是模仿秀，在此拉客拍照收费的。这样的人很多，不管自己长得如何，都敢和梦露媲美。

第二部分　旅游景点

A

B

　　从照片 A 中可以看到，一个蹲在 MICHAEL JACKSON（迈克尔·杰克逊）星座前的模仿秀。照片 B 是迈克尔·杰克逊的模仿秀站在迈克尔·杰克逊星座后面唱歌，期待着小费。

A

B

　　照片 A 中可见蜘蛛侠和魔鬼两个模仿秀。他们做出各种搞怪姿势吸引游客。如果你好奇，给他们拍照，他们会立刻过来搭讪，其中一个从你手中夺过相机，帮你和另一个同伙拍照，然后要钱。照片 B 是警察抓捕一个蜘蛛侠模仿秀犯罪嫌疑人，据说他抢劫了游客 6,000 美元。

想去美国？先看懂这些照片

A   B

照片 A 中可以看到有各种各样的模仿秀，他们的目的就是要钱。照片 B 中的魔鬼模仿秀主动搭讪游客，强拉你拍照，然后要钱。如果拒绝，可能麻烦。

3.2.7　Transients 流浪汉

流浪汉的英语有多种叫法，如 transient, vagrant, derelict, bum, tramp, hobo, 它们的细微区别是，transient 主要用于美国，vagrant 英美皆用。derelict, bum, tramp, hobo 略有贬义。hustler 耍诡计骗钱的人。panhandler 街上要钱的乞丐。

A   B

从照片 A 中可看到，游客好奇但躲避着流浪汉。流浪汉的帽子上印有 FIRE DEPT（消防队），不知是他捡来的还是别人给他的。这位流浪汉随后转身溜达到不到 10 米远的另一条街道上开始撒尿。看样子，流浪汉并不攻击行人，但心智一定有问题。照片 B 可见商店门口站着一流浪汉。

第二部分　旅游景点

A

B

照片 A 是 23 岁的黑人姑娘 Christine Calderon，因拒付 1 元钱而被流浪汉杀害。照片 B 是杀死该黑人姑娘的凶手 Dustin Kinnear。2013 年 6 月 19 日，该姑娘路过星光大道，被 3 个流浪汉手举纸牌上的标语吸引，于是用手机拍照。流浪汉过来要 1 美元拍照费。姑娘拒绝，发生扭打，结果被刺身亡。星光大道的警察在《洛杉矶时报》上提醒大家：不要搭理任何人；不要给流浪汉、模仿秀拍照。许多流浪汉酗酒、吸毒或者有精神障碍。

有外国游客抱怨星光大道 infamous（声名狼藉）：充斥诱骗、欺诈、偷窃、无赖、恶棍、强拉游客拍照索费、强行推销光盘、问路收费、暴力危机四伏等。游客与其说是无忧无虑游览，不如说是提心吊胆探险。

星光大道是旅游玫瑰花，鲜艳带刺。到此游览观光，脚下不仅有众星簇拥，还有陷阱密布。万一遭遇不悦，破财免灾，不要再导致 1 美元的悲剧。美国旅游景点万千，如此 infamous 之星光大道，恐怕独一无二。

3.2.8　Notices 告示

A

B

163

想去美国？先看懂这些照片

照片 A 中，可见一辆旅游车正在招揽游客。但是，车主会拖延时间，直到游客满员才会开走。票价 25 美元左右。这种车倒不是黑车，他们会搭讪你。你坐他的车，他高兴；你不坐，他会冒出一句汉语"神经病"——可能是中国游客甩给他的话，他学来回敬游客了。可见来此游览的中国游客之多了。

照片 B 是招揽游客的告示牌。告示牌上的文字自上而下是：PRIME TIME HOLLYWOOD TOURS   HOLLYWOOD SIGN & CELEBRITY HOMES TOURS   BEVERLY HILLS   WWW. PRIMETIMEHOLLYWOOD. COM   HOLLYWOOD SIGN   RIDE DOWN HOLLYWOOD BLVD. AND HEAD TO THE SIGN，WHERE YOU WILL GET A CHANCE TO HOP OUT AND TAKE PHOTOS OF YOU，THE SIGN AND BEAUTIFUL LAKE HOLLYWOOD.   CELEBRITY HOMES PEEK INTO LIVES OF STARS OF THE PAST AND PRESENT   HOUSES YOU WILL SEE!   ELVIS PRESLEY   MADONNA TOM CRUISE   OZZY OSBOURNE   MICHAEL JACKSON   MARILYN MONROE   GRAY STONE MANSION   CHRISTINA AGUILERA   RINGO STARR   DR. PHILL   SIMON COWELL   FRANK SINATRA   AND MORE…好莱坞黄金游：好莱坞标识牌和名人豪宅，比弗利山庄。网址：（略）。好莱坞标识牌：从好莱坞大道出发，直奔标识牌，在那里你可以下车拍照标识牌和美丽的好莱坞湖、名人豪宅，一睹已往和现在明星们的生活，您可以看到这些明星的豪宅！猫王埃尔维斯·普雷斯利、乐坛天后"娜姐"麦当娜、影星汤姆·克鲁斯、摇滚明星奥齐·奥斯本、歌星迈克尔·杰克逊、灰石大观园、歌星克里斯蒂娜·阿奎莱拉、披头士林戈·斯塔尔、心理学家菲尔博士、流行歌星弗兰克·辛纳屈……

词汇学习

peep 和 peek 都有"看一眼"的意思，有时候可以换用。但是也有区别：

peep（through slit，viewport，keyhole）是从门缝、门镜、锁孔看。偷看，窥视。

peek 是用眼睛直接、开阔地望去。一睹，探看。

以上告示牌中用 peek 很准确，用 peep 就错了。

第二部分　旅游景点

A　　　　　　　　　　　　B

照片 A 是星光大道西端入口处的一个交通告示牌，就在五女星雕塑的旁边，上面的文字是：3-WAY SIGNAL　NO BICYCLING　NO SKATING　NO SKATE-BOARDING（三岔路口信号，禁止骑自行车，禁止滑旱冰，禁止踩滑板。）其中的 skating 是指 rollerblading。

照片 B 是一家服装店门前的告示，上面文字的汉语译文是：厂家直销，3 折 18 件：3 件外衣、3 件衬衫、3 条丝领带、3 条皮腰带、3 双新款袜子、3 块手帕。总计 199.99 美元，实值 1,200 美元。

美国的 SAVE 70% 等于中国的 3 折，美国的 save 30% 或 30% off 等于中国的 7 折。注意两种语言文化的差异。HANKIES ＝ handkerchiefs。hanky 是口语。

3.3　Parking 停车

A　　　　　　　　　　　　B

165

想去美国？先看懂这些照片

照片A中可以看到，星光大道的路旁有一个停车场的告示牌，牌子旁边有个自动收费器。告示牌上的文字见照片B: PARK & PAY　PAY HERE（停车付费，此处付费。）

A　　　　　　　　　　　　B

照片A：亨利方达剧院、潘特吉斯剧院、帕拉蒂姆剧院在此停车。10美元。
照片B：公共停车场 10 美元。

3.4　Fitness 健身

A　　　　　　　　　　　　B

照片A是星光大道北侧的健身房，上面的文字是LA｜FITNESS（洛杉矶｜健身房）。照片B是星光大道旁边街道不远处的一个健身俱乐部，门面上的文字是：LA｜FITNESS（洛杉矶｜健身俱乐部）。照片A、B是不是一家不重要，重要的是要记住 fitness 的词义是健身房、健身俱乐部。

166

第二部分　旅游景点

3.5　Hotels 宾馆

以下这个宾馆在洛杉矶，但估计不在好莱坞社区了。

3.5.1　Notices 告示

　　　　　　A　　　　　　　　　　　　　　　B

照片 A 中的文字是 FAIRFIELD INN（佳境旅馆）。FAIRFIELD INN 是Marriott 家族旅店集团的一个分店。1927 年，J. Willard Marriott 在首都华盛顿创建该公司。Marriott International 是美国全球经营廉价旅游旅馆的公司，在 80 多个国家和地区有 4,000 多家连锁分店，2013 年经营额 120 多亿美元，纯利润 6 亿多美元。照片 B：马里奥特佳境旅馆大堂。

　　　　　　A　　　　　　　　　　　　　　　B

照片 A 是客房，床上牌子上的文字是：THANK YOU FOR STAYING WITH US（谢谢和我们在此相聚。）照片 B 是图示怎样开门，文字的汉语是：1）把钥

167

匙卡插进或刷一下。2）拿出钥匙卡。3）压下门把手，门便打开。

　　　　　　　　A　　　　　　　　　　　　　　　　B

　　照片 A 中墙上的告示是说：2 楼奇数号的房间向右走，偶数号的房间向左走。Odd 奇数。Even 偶数。照片 B 中告示是说：←电梯、202－244 偶数号房间、219－201 奇数号房间向左走；↑223－243 奇数号房间向前走。

3.5.2　Swimming Pool 游泳池

　　这个旅馆有一个小游泳池，池边、门前的告示牌如下。

　　　　　　　　A　　　　　　　　　　　　　　　　B

　　照片 A 中有两块告示牌，上面的文字是：NO GLASS IN POOL AREA（游泳池区域内禁止有玻璃。）下面英语的汉语译文是：随手关门。目前或 14 天前有腹泻症的人禁止入池。不要把 KEEP CLOSED 误解为此门关闭不许进。汉语"随手关门"英语怎么说？在北京一家高档珠宝店的门上是这么写的：Follow Hand Close the Door。外国人、中国人，谁能看得懂？

第二部分 旅游景点

照片 B 中的文字（英汉对照）：

英语	汉语
POOL AREA USE FOR YOUR SAFETY IT IS REQUIRED THAT YOU OBSERVE THE FOLLOWING：	泳池使用须知 为了您的安全，请注意以下规定：
● Pool hours：7：00 am to 10：00 pm.	● 开放时间：早7点至晚10点。
● No lifeguard on duty.	● 无救生员。
● Glassware is not permitted within the pool area.	● 游泳池区域内禁止有玻璃制品。
● Diving is strictly prohibited.	● 严禁跳水。
● Be aware of depth at all times.	● 时刻注意水深。
● Only flexible swim-aids are permitted.	● 仅限活动手脚——可用辅助器具。
● Report any unsafe conditions or violations to the management.	● 有不安全、违规情况，及时报告管理人员。
● Pets are not permitted in the pool area.	● 泳区内禁止有宠物。
● All children under 14 must be with an adult.	● 14岁以下儿童要有成人陪同。
● Individuals assume the risk of injuries sustained while using pool facilities.	● 使用泳池器具导致疲劳损害，自己承担。
● Registered guests only.	● 泳池只供入住客人使用。
● Running and horseplay are prohibited.	● 禁止跑动和嬉戏打闹。
● Appropriate swim wear required.	● 要求身穿得体的泳装。
● Shirts and shoes required in hotel lobby.	● 去宾馆大堂要穿上鞋子和衬衫。
● Always practice water safety and courtesy to others while using the pool areas.	● 泳池区内，注意游泳安全，待人客气。

169

想去美国？先看懂这些照片

英语	汉语
● A person with infections shall be excluded from the pool.	● 受伤感染的人要驱逐出池。
● A person who uses the swimming pool shall take a shower before entering pool and after use of toilet facilities.	● 出厕后和入池前要淋浴，方可入池。
● No food, drink, chewing gum or tobacco permitted in the pool or on deck.	● 池内或岸边禁止吃食品、喝饮料、嚼口香糖。
● Children who are not toilet trained must wear swim diapers with rubber pants over them.	● 大小便不会自理的婴幼儿必须穿上有游泳尿布的橡皮裤子。
● MAXIMUM BATHING LOAD 26	● 本池最大容量26人。

3.6　Inn 小饭店

　　　　A　　　　　　　　　　　B

照片 A 是一个小饭店，店名是 PANDA INN（熊猫饭店）。饭店是华裔开的，店中多数员工是华人和黑人。点菜后，会给你打出个账单，上面除了你要的饭菜及价格外，还有付小费的说明。照片 B 是账单的一部分，文字的汉语译文：总计：25.81 美元。欢迎来享用星期日早午套餐，上午11点至下午3点。快速

计算小费指南，15%的小费是3.87美元，18%是4.65美元，20%是5.16美元。

如果吃自助餐、快餐，不用给任何人小费。但是，在点菜的餐馆要付小费。这种小费叫 tip，不叫 fee。tip 约是餐费的 15%~20%。在美国，这种 tip 几乎就是 mandatory（强制性的）。

大多数餐馆不会把这种 tip 加在顾客的账单里。但是也有例外，如旅游景区的餐馆。原因是，有些外国游客自己国度的文化里，没有付小费的习惯，如英国；或者认为给、接小费是羞辱，如日本。因此，有的景区餐馆会在点菜的菜谱上写上 Service Charge（请付小费），甚至写得更详细：18% gratuity will be added（您的饭菜里会加 18% 的小费。）

如果你是非美国人，不懂或没看懂付小费"指南"，起身走人，也可以。没有人会去追你回来付小费。不过，当你事后懂得小费是服务员赖以生存的收入时，岂不心海涟漪？

在宾馆帮你把行李送进房间的服务员，也要给小费，通常一件行李给 1 美元。

4 Gambling City 赌城

世界三大赌城：美国的拉斯维加斯（Las Vegas）、地中海的摩纳哥（Monaco）、中国的澳门（Macao）。赌博、色情在 Las Vegas 是合法的。这里赌博、色情泛滥，但社会治安良好，当地人、游客没有不安全感。

拉斯维加斯有一个天堂区（Paradise），拉斯维加斯长街（Las Vegas BLVD）就在这个区内。Las Vegas BLVD 南北长约 6 公里，算得上是十里长街了。长街分南长街（Strip South）和北长街（Strip North），分界在最繁华的市中心地带。

hotel and casino（赌场酒店）在拉城是固定搭配的常用语。高档酒店都有豪华赌场，豪华赌场都开有高档酒店。现在这些赌场酒店都很规范，而在它们的初创期，有的或多或少与黑社会头目有瓜葛（having ties with organized-crime figures），如 Caesars Palace（恺撒宫殿）、Circus Circus（马戏团）等。

4.1 Notices 告示

A   B

从照片 A 中可以看到，广告塔和 40 层高楼比肩，顶部的文字是：CRAZY GIRLS LAS VEGAS' SEXIEST TOPLESS REVUE 8：30 PM DARK TUESDAY RIVIERA（《疯狂女郎》 拉斯维加斯最性感半裸体滑稽剧 晚 8：30 夜幕下的

星期二　里维拉赌场酒店。）RIVIERA 是较大的赌场酒店之一，有 2,100 套房间，1 万平方米的赌场，半裸体的 CRAZY GIRLS（疯狂女郎）是其招牌节目。有一条东西大道就是以 RIVIERA 命名的：RIVIERA BLVD（里维拉大道），大道的南侧人行道上有一排排色情广告橱窗。

照片 B 中广告塔有几十层楼高，顶部的文字是：CIRCUS CIRCUS　HOTEL CASINO（马戏团赌场酒店）。马戏团赌场酒店有 3,773 套房间，11,000 平方米赌场。其外形像是一个巨大的马戏团帐篷，因此取名 CIRCUS CIRCUS。马戏杂技是这个赌场酒店的招牌节目。

A　　　　　　　　　　　　　　B

照片 A 是马戏团赌场酒店的门口，进去后就是万米大赌场。门口右边有个白色告示牌，上面英语的汉语译文是：酒店登记入住在此建筑群的后面。

A　　　　　　　　　　　　　　B

照片 A 是停在马戏团赌场和里维拉赌场之间的一辆公交车，满车身的半裸体广告，车门上方的文字是：RIO SHOWS NIGHTLY　　THE BEST OF LAS

想去美国？先看懂这些照片

VEGAS（里奥赌场酒店，彻夜表演，拉斯维加斯最佳。）里奥赌场酒店以巴西首都里奥命名，有深厚的巴西背景。照片B中横条白色英语的汉语译文是：乘手扶电梯去拉斯维加斯北长街。

词汇学习

常见电梯有三种：

- escalator 手扶电梯。有台阶，倾斜。超市多见。
- elevator 直梯，垂直升降的电梯。lift 直梯（英国英语）。
- moving walkway 平面电梯。平面传送带。平面，水平，无台阶，多用于机场。超市倾斜无台阶的也叫 moving walkway，或叫 moving sidewalk（移动的人行道）。travelator 是英国英语。

4.2　Casinos 赌场

赌场内，除了光怪陆离的色彩、五花八门的赌具、聚精会神的赌民，还有游泳池、剧院、餐馆、擦皮鞋的等。男高音帕瓦罗蒂等许多名人曾到 Riviera（里维拉）赌场的剧场献艺。

A

B

照片A是Riviera（里维拉）赌场门面的北半部，空中大牌子上的文字是：BELLY BUSTING LAUGHS WITHOUT WALLET BUSTING PRICES!（肚皮笑破，

钱包不破！）意思是看场喜剧，花不了几个钱，不用带着鼓鼓的钱包来。Riviera Comedy Club Number 1 Comedy Club（里维拉喜剧俱乐部　首屈一指的喜剧俱乐部）。照片 B 是赌场外的一个赌博大转盘，游客好奇地在观望。

A　　　　　　　　　　　　　　　B

照片 A 中可以看到两个穿蓝色衣服的保安，他们背后印着白色的文字：SECURITY（保安）。成年人从他们身边走过，进入赌博大厅，就如同进超市一样，不必理会他们。在拉斯维加斯，满街的豪华赌场一个接一个，如同北京的超市鳞次栉比。问两位保安附近有没有超市，回答：没有。3 英里外有。

照片 B 是赌场内大厅柱子上的告示，英语的汉语译文是：告示：未满 21 周岁者禁止入内，也不许在赌博区域周边游荡。依据内华达州修正法规第 463.350 条款。请沿通道继续前进。NRS ＝ Nevada Revised Statutes 内华达州修正法规。statute 法令，法规。

A　　　　　　　　　　　　　　　B

照片 A 中，悬挂在空中的红色告示牌上的文字是：NO ONE UNDER 21 ALLOWED IN THE GAMING AREA（赌博区内禁止有 21 岁以下者。）照片 B 中，可以看到五花八门的赌博器具和专心赌博的人们。

A　　　　　　　　　　　　　　　B

照片 A 是一个圆形赌台，可以围坐 20 个人，每人独自一个赌博机。赌台正上方的空中是巨大的圆形霓虹灯。灯下有一辆汽车，在赌台上缓缓旋转。汽车挡风玻璃上的文字见照片 B：WIN ME FOR PENNIES（赌上几美分，就会把我拿下。）

A　　　　　　　　　　　　　　　B

照片 A 是赌场一角——擦皮鞋处。客人坐在沙发椅上，擦皮鞋的给你擦鞋。此处的招牌是 SHOESHINE（擦皮鞋）。两个沙发椅背后墙上较大的一个告示见照片 B，英语的汉语译文是：格伦擦皮鞋，特价。普通鞋 4 美元，帆布鞋 4 美元，皮靴 5 美元，进口鞋 5 美元。

4.3　Hotels 宾馆

高档豪华宾馆都设有赌场，hotel and casino（赌场酒店）在拉城成了搭配词组。当然也有较廉价的旅游宾馆，里面不设赌场。

A　　　　　　　　　　　　　　　　　　B

从照片 A 可以看到，Bellagio（贝拉吉奥）赌场大酒店及其楼前的 8 英亩音乐喷泉湖。其侧面（北面）的建筑是 Caesars Palace（恺撒宫殿），也是豪华的赌场酒店。

Bellagio（贝拉吉奥）大酒店的名字源于意大利北部的湖边城市 Bellagio。目前，Bellagio 有 3,950 间套房，赌场 1 万多平方米，连续 15 年赢得世界最高档酒店级别：3A 5 钻石级（AAA Five Diamond Award）。其特色有二。一是音乐喷泉（musical fountains，见照片 B）。下午每 30 分钟喷发演奏一次，晚上 8 点至午夜每 15 分钟一次。二是温室植物园（conservatory and botanical gardens，见以下照片）。

C　　　　　　　　　　　　　　　　　　D

照片 C 中的花草是真的，鸟是假的。照片 D 中的蘑菇、蚂蚁、蜗牛是假的。

　　　　　　A　　　　　　　　　　　　　　B

　　照片 A 是 Bellagio 大酒店温室植物园边上的一所漂亮的小房子，上面的文字是：Live Music 5pm–6pm（现场音乐演奏会，下午 5 点至 6 点。）小房子后面不远的地方是钟表店，可以看到招牌 OMEGA（欧米茄表店）。欧米茄是瑞士名表。

　　照片 B 是一家较小的宾馆，门口上方的招牌是 SPRINGHILL SUITES（春山套房宾馆）。门前汽车车身上的文字是 SPRINGHILL SUITES Marriott，这表明该宾馆是 Marriott 的一个分店。Marriott（马里奥特）是美国在全球经营廉价旅游旅馆的公司。去拉斯维加斯穷游的人可以选择这个或类似的廉价旅馆。

　　　　　　A　　　　　　　　　　　　　　B

　　照片 A 中的文字是 Turn to Deadbolt（把门锁死）。照片 B 中的文字的汉语译文：

　　1 楼：早餐厅　宾馆大堂　小超市

　　2—7 楼：停车场

　　8 楼：客房　经理会议室　会议室

　　9—22 楼：客房　冰镇饮料有售

24楼：健身中心　洗衣房　游泳池和阳台

　　　　A　　　　　　　　　　　　B

照片A：如有火灾，电梯停用，请走楼梯出口。照片B：谢绝推销。禁止在本楼内发送传单、小册子或广告。依据克拉克县法规第12.46.010条款。

　　　　A　　　　　　　　　　　　B

照片A：已联网。此处或在您的客房里均可以免费无线上网。照片B：免费早餐。时间：周一至周五早6：30－9：30，周六至星期日早7：00－10：00。

词汇学习

complimentary 是多义词。

● 赠送的，免费的。如：

complimentary lunch 免费的午餐

The restaurant offers valet parking as a complimentary service.

这个餐馆有停车员免费照看顾客车辆。

● 敬意的，赞美的。如 complimentary remarks 赞美的话。

注意：complimentary 和 complementary（互补的）仅一个字母的拼写区别。

4.4　Sex 色情

进入拉斯维加斯界内,公路、街道、广告上大量充斥着色情内容。

　　　　　　A　　　　　　　　　　　　　B

　　照片 A 是高速公路边高大的广告牌,穿着暴露的歌星叫 Britney Spears,她背后的文字是 WELCOME TO LAS VEGAS(欢迎来到拉斯维加斯)。她右边的文字,Britney 是她的名字,*Piece of Me* 是她演唱的走红歌曲。右下角的白色文字是 ph (Planet Hollywood) resort & casino(好莱坞星球酒店,度假胜地和赌场)。好莱坞星球酒店坐落在 Bellagio(贝拉吉奥)大酒店音乐喷泉的斜对面——东南方向。Britney Spears 已在好莱坞酒店演出了多场半裸歌舞节目。

　　照片 B 是广告塔的一段,左边是裸女,上面的文字是:TOPTIONAL Moorea BEACH CLUB(半裸　穆利亚海滩俱乐部)。穆利亚海滩俱乐部并不在户外的海滩上,而是曼德勒海湾大酒店内的一个游泳池的名字。在这个室内泳池里,女子可半裸,但 21 岁以下者禁入。TOPTIONAL = topless optional(半裸自选)。topless 胸裸,半裸。

　　裸女右边的广告文字是:SHARK REEF AQUARIUM AT MANDALAY BAY(鲨鱼礁水族馆,在曼德勒海湾赌场酒店。)裸女和鲨鱼下面的文字是 FOUR SEASONS HOTEL(四季酒店),也是豪华赌场酒店,在曼德勒海湾大酒店的第 35—39 层,是 3A 5 钻石酒店(AAA Five-Diamond)。

第二部分　旅游景点

　　　　　　A　　　　　　　　　　　　　　B

照片 A 中可见林立豪华的高楼大厦，其地基是一种特殊的材料：色情赌场特产的"钢筋水泥"——高楼底部广告上的文字分明是 SEXY · FUN · ACROBATIC（色情　开心　杂技）。

照片 B 是 RIVIERA BLVD（里维拉大道）南侧人行道上的广告橱窗，里面摆放着一本本色情杂志，介绍一个个性工作者（sex worker）的照片、电话、开价等。这种橱窗不是一个，而是一排接一排。

4.5　Nightlife 夜生活

　　　　　　A　　　　　　　　　　　　　　B

照片 A 中的招牌文字是 CRYSTALS　SHOPPING · DINING · NIGHTLIFE（水晶宫　购物　餐饮　夜生活）。水晶宫在音乐喷泉南面约 300 米，是综合性商业娱乐场所。照片 B 是罗斯便宜连锁店多种语言的告示，英语是：Thank You for Shopping Your Las Vegas Store!　ROSS DRESS FOR LESS（谢谢您到罗斯拉城

181

店购物！）

　　　　　　A　　　　　　　　　　　　　　B

　　照片 A 是一家文身店，招牌文字是 Vegas Ink　Tattoos & Body Piercing（拉城墨水　文身刺字）。照片 B 是长街上穿三点游荡的女子。sex workers? 未置可否。

4.6　Taxi 出租车

　　　　　　A　　　　　　　　　　　　　　B

　　照片 A 是等候在马戏团赌场外的出租车，大牌子上的文字是 TAXI LINE（出租车在此排队）。照片 B 是从地下通道开上来的一辆出租车，别致的是其挡风玻璃前的大字编号 4379。拉城出租车的车顶上都有一个大大的广告箱。

　　　　　　A　　　　　　　　　　　　　　B

第二部分　旅游景点

照片 A 是停在 Springhill Suite Marriott 宾馆前的一辆出租车，车门上的大字 Western 是出租车公司的名字，其上几行文字见照片 B（英汉对照）：

英语	汉语
FIRST1/13 MILE 3.30	起步 1/13 英里 3.30 美元
EACH ADDITIONAL 1/13 MILE .20	每 1/13 英里加 20 美分
WAITING TIME PER HOUR 30.00	候车每小时 30 美元
EACH TRIP FROM MCCARRAN PROPERTY 2.00	离开麦克卡林机场 2 美元
CREDIT / DEBIT FEE 3.00	信用卡 / 借记卡 3 美元
FUEL SURCHARGE PER MILE .20	燃油附加费每英里 20 美分

其中，使用信用卡或借记卡为什么要付 3 美元？原来这 3 美元到不了司机口袋里，而是给了银行和给出租车安装接受信用卡或借记卡仪器的公司了。

搭乘出租车，要记着给司机付小费（tip），通常为车费的 15%。

4.7　Chinatown 中国城

A　　　　　　　　　　　　　B

照片 A 是中国城的城门：中国城。照片 B 中可看到雕塑：西游记师徒 4 人。

A　　　　　　　　　　　　　B

183

想去美国？先看懂这些照片

照片 A 是一家超市，门面上充满了汉字。照片 B 是超市购物车存放处的牌子，上面的文字是：Our shopping carts are provided for your convenience only. We do not restrict our customers taking the carts to the lot. HOWEVER, WE CAN NOT BE RESPONSIBLE FOR DAMAGES CAUSED BY CARTS LEFT IN THE LOT. Please return the shopping carts to the lot. （为您提供的购物车只是为您方便。我们并不严格要求顾客把购物车放回原存车处。然而，对于放回原存车处的车子造成的损害，我们不能负责。请把购物车放回原处。）

Island in the Sky 天上岛

Island in the Sky（天上岛）是 Canyonlands National Park（峡谷地国家公园）的一部分。峡谷地国家公园在犹他州的东南部，靠近 Moab（摩押）市，由 4 部分组成：the Island in the Sky，the Needles，the Maze，the Rivers。其中天上岛在公园的北部，距 Moab 路程约 50 公里。为什么叫天上岛？天上，因其高——海拔均2,000 米。岛，因其悬崖峭壁与高原陆地隔开，如有雾，宛如天上仙岛，故谓之天上岛。

源于 Rocky Mountains（落基山脉）西麓的 Colorado River（科罗拉多河）和其支流 Green River（格林河）在这里汇流。汇流前，两条河流在科罗拉多高原（Plateau）上切割出了这个岛屿。天上岛周边的峡谷深有千米。科罗拉多河的基本流向是从东北至西南，在加利福尼亚海湾入海。

5.1　Park Passport 游园护照

1986 年，国家公园游园者俱乐部（非营利的民间组织）发起一项活动：Passport to Your National Parks（游览国家公园护照）。带着这本护照（不是门票，门票叫 pass），游过一个公园后，可以在上面加盖通关印玺。美国有 408 个国家公园，每个公园都有免费的通关印玺台，自己动手，加盖即可。这比中国游客在国内外景点刻写"×××到此一游"文明多了。

185

想去美国？先看懂这些照片

　　　　　　　　A　　　　　　　　　　　　　　　　B

　　照片A是天上岛的游客中心，告示牌上的文字见照片B：Island in the Sky Visitor Center　Canyonlands National Park　National Park Service U. S. Department of the Interior（天上岛游客中心　峡谷地国家公园　美国国家公园管理局内务部）。

　　　　　　　　A　　　　　　　　　　　　　　　　B

　　照片A是游客中心进门右边的一个连体橱柜，左边的是募捐箱，右边的是什么？详看照片B。询问工作人员后得知，这个桌面叫National Park Passport Cancellation Stations（国家公园通关印玺台），游客可以在游园护照上加盖印章，记录到此一游。照片B中，左边是一个"通关印玺"（cancelation stamp），类似邮戳（postage stamp）。中间是一个印台，印台盖子上的黄色文字是：Please close after use.（用毕请合上。）印台旁边有一位游客留下的纸片，上面有通关印玺的印记（见照片C）。照片的下部有一本游园护照（见照片D）。

186

第二部分　旅游景点

　　　　　C　　　　　　　　　D　　　　　　　E

　　从照片 C 中可见，通关印玺的文字是：CANYONLANDS NATIONAL PARK JUN 10 2014　ISLAND DISTRICT UT（峡谷地国家公园　2014 年 6 月 10 日　天上岛区　犹他州）。照片 D 是一本游园护照，封面文字是：Passport To Your National Parks（游览国家公园护照）。该护照在游客中心旅游纪念品柜台上可买到，几美元一本。照片 E 可看到加盖的印玺。

5.2　Cactus in Bloom 仙人掌开花

　　　　　　A　　　　　　　　　　　　　B

　　在沙漠高原上，依然有顽强的绿色植物（照片 A）；也有仙人掌开出的红花（照片 B）。cactus 仙人掌。bloom 开花。

5.3　Colorado River 科罗拉多河

　　　　　　A　　　　　　　　　　　　　B

照片 A 是科罗拉多河观景点。照片 B 是观景点旁边的悬崖峭壁和干枯的河床。科罗拉多河现在还在流淌，离观景点有多远？在哪儿呢？见以下照片：

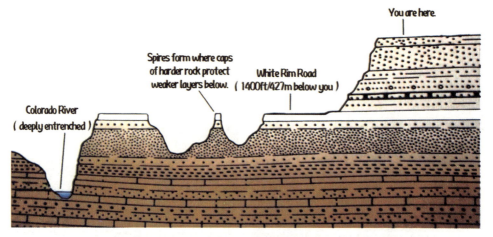

这是景点介绍的示意图。上面的文字自高而低是：You are here.（你在这里。）White Rim Road (1400ft / 427m below you)（白沿公路在你脚下 427 米）。Spires from where caps of harder rock protect weaker layers below.（较硬的地层尖顶保护其下较软的地层。）Colorado River (deeply entrenched)（科罗拉多河深陷地下）。从示意图大概推算，科罗拉多河在观景点数十公里外的千米以下了。

第二部分 旅游景点

Arches National Park

拱门国家公园

Arches National Park（拱门国家公园）在 Island in the Sky（天上岛）不远的东北处，离 Moab（摩押）市更近，不到 5 公里。摩押的名字源于《圣经》：罗德酒后和女儿乱伦而生的后代在沙漠荒原上建立了摩押国。19 世纪，一位邮差路经此地，命其为 Moab，称呼至今。当年的摩押不过是几户人家的小村庄。20 世纪 50 年代"冷战"开始，这里发现了铀矿（制造原子弹的原料），因而发达起来。但到了 80 年代，美苏"冷战"结束，这里的铀矿关闭，摩押变得冷清萧条起来。到了 90 年代，旅游业兴起，仅近在咫尺的拱门公园里就有 2,000 多个拱门，每年吸引着百万游客。摩押今天又繁荣起来了，成了具有 5,000 多人口的小城市了。

6.1　The Three Gossips 三女斗嘴

A　　　　　　　　　　　　　　B

照片 A 中的文字：Arches National Park　NATIONAL PARK SERVICE（拱门国家公园　国家公园管理局）。照片 B 是进入公园后不远处的一个景点：The Three Gossips（三女斗嘴）。是不是很形象？

189

6.2　Tower of Babel 通天塔

　　　　A　　　　　　　　　　　　B

照片 A 是三女斗嘴斜对面的一个景点：Tower of Babel（巴别塔），也可叫通天塔。Tower of Babel 的故事源自《圣经》：人类起初说一种语言，要在 Babel（巴别。也可译成巴比伦）建造一座高高的通天塔。上帝把人类分散到各地，工程停止了，他们的语言变得杂乱不一了。见 Genesis 11（《创世纪》第 11 章）。Babel 是希伯来文（Hebrew），意思是"搅浑，搅乱"，相当于英语的 confuse 或 mix up。照片 B 是通天塔群。

6.3　Landscape Arch 风景拱门

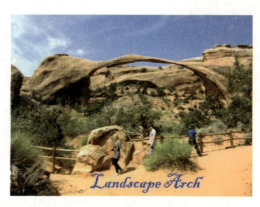

这张照片是 Landscape Arch（风景拱门）景点。这个拱门的横空跨度约 100 米。可以看到，游客在围栏外行走、拍照。这个围栏修建之前，人们是可以走

到拱门下去观赏、休息、娱乐的。

6.4　North Window 北窗口

　　　　　　A　　　　　　　　　　　　　　B

　　从照片 A 可以看到，有两个游客在景点的路口，其中一个游客旁边是景点介绍橱窗。橱窗介绍的景点就是远处的 North Window。这个窗口有多大？见照片 B。窗口里上下都站着人，还有更多的人走进窗口。北窗口不远处有南窗口（South Window），是另一个景点。

6.5　Delicate Arch 玲珑拱门

　　　　　　A　　　　　　　　　　　　　　B

　　照片 A 是拱门公园里的标志性景点 Delicate Arch（玲珑拱门），高 20 米。因其形似马裤的两条裤腿，当地牛仔称其为 Chaps（皮裤）或 Schoolmarm's Bloomers

191

（女教师的灯笼裤）——19世纪的美国女教师爱穿裤脚肥大的时装——灯笼裤。如果把这个拱门看成两条裤腿，裤脚还真像灯笼。照片B是2002年冬奥会火炬传递（torch relay）到达此地的情景。

玲珑拱门的文化还出现在很多其他地方，如铸币、汽车牌照、邮票等，见照片C、D。

C　　　　　　　　　　　　D

照片C是美国铸币局2014年发行的25美分硬币的背面，图案就是玲珑拱门。照片D中是两个车辆牌照，都有玲珑拱门的图案。上面的是2006年的牌照，文字是UTAH LIFE ELEVATED（犹他州，生活步步高）。下面的是纪念犹他州加入美联邦百年纪念的牌照，文字是UTAH 1896 CENTENNIAL 1996（1896年犹他州百年纪念。1996年）。美国各州的车辆牌照图案不是一成不变的，同一年的图案也可以有多种。

6.6　Petroglyph 岩画

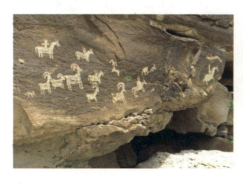

A　　　　　　　　　　　　B

第二部分　旅游景点

　　照片 A 是史前古岩画，是印第安人或更早的人类的杰作。上面有人骑马，有山羊、狼等。照片 B 不是岩画，是岩石堆砌的雕塑"岩画"。石头松鼠从岩石缝里探出身子，是晒太阳，还是觅食？任你想象。不过这个峭壁上的松鼠的体积，估计不会比非洲大象小。

想去美国？先看懂这些照片

Salt Lake City 盐湖城

盐湖城是犹他州的首府，名字和附近的 Great Salt Lake（大盐湖）有关。该盐湖约 4,000 多平方公里，水深均约 5 米。这里盛产工业用盐，不是食用盐。该湖的经济资源主要有氯化钠、硫酸钾、氯化镁、卤虫卵、石油。其中镁的产量占全世界的 14%，卤虫卵的产量占全世界的 45%。卤虫卵（brine shrimp cysts / eggs）生活在咸水中，形状似虾，因此民间也称之为丰年虾、盐虫子，仅此一项每年可带来 5700 万美元的收益。工业盐的提炼每年有 11 亿美元的收益。这个内陆湖（terminal lake）和中国的青海湖（也是咸水湖）面积相当，但青海湖更深，均约 21 米。

7.1　2002 Winter Olympics　2002 年冬奥会

A　　　　　　　　　　B

照片 A 中的图案和文字的意思是 2002 年盐湖城冬奥会。Salt Lake City 常被简称为 Salt Lake，而盐湖城附近的盐湖叫 Great Salt Lake。从照片 B 中可见冬奥会

194

曾经的倒计时牌子，箭头状，插在人行通道上。它的左边是一个轻轨（light rail）站。起因是冬奥会前修建轻轨时，在这里挖掘出了大量的箭头，据考是印第安人之前的人类在此捕猎使用的工具。把古代围猎文化和现代体育竞技文化融合在一起的共同点：英武。于是有了这个倒计时钟（COUNTDOWN CLOCK）。箭头上的文字（自上而下）：SALT LAKE 2002　CONTRAST CULTURE　COURAGE（2002 盐湖城冬奥会　两种文化　一种英武）。

7.2　Mormon 摩门教

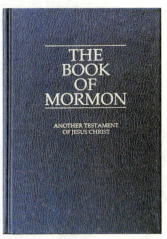

A　　　　　　　　　　　B

照片 A 是 Mormon Temple（摩门教堂/圣殿），是盐湖城的标志性建筑，堪称世界上最壮观的教堂。照片 B 是摩门教自己的《圣经》，封面上文字是：THE BOOK OF MORMON　ANOTHER TESTAMENT OF JESUS CHRIST（《摩门经》，耶稣基督的另一种圣约书）。

盐湖城的摩门教是 19 世纪中叶从伊利诺伊州迁徙过来的，这里有一半以上的人信奉摩门教。摩门教由 Joseph Smith 创建。他自称在树林里见到了上帝和耶稣，告诉他世间的教徒背叛了上帝，要他重建新教。于是，他着手办教，起名 Mormon（由英语 more ＋ 古埃及文 mon ＝ good 构成）。起初原教旨中有三点：

唯物论（认为宇宙是物质的，非上帝创造，上帝把宇宙加以管理而已）。

共产（教徒要把全部财产交给教会）。

共妻（一夫多妻制。Smith 妻妾 40 余人，老的 56 岁，小的 14 岁，有些是有夫之妇）。

共产，因分配引发内讧，短期内夭折。共妻，因违反宪法，在勒令下自行宣布取缔，前后存在不过几十年。而其唯物论至今仍在信仰。今天的摩门教有多个派别，主流摩门教主张有：不吸烟、不喝酒、不饮茶，一夫一妻，反对堕胎，反对同性恋，要求缴纳个人收入的 10% 给教会。

A　　　　　　　　　　B

C　　　　　　　D　　　　　　　E

照片 A 是 Winston Churchill（英国首相丘吉尔）。照片 B：Franklin Roosevelt（罗斯福，美国第 32 届总统）。照片 C：George W. Bush（小布什，美国第 43 届总统）。照片 D：Richard Nixon（尼克松，美国第 37 届总统）。照片 E：Gerald Ford（福特，美国第 38 届总统）。

这些名人放到一起有什么关系吗？有，他们的祖上是同一个人——John Howland（约翰·豪兰）。1620 年，102 名英国人因宗教信仰问题逃离英国，乘坐 Mayflower 和 Speedwell 两艘帆船驶往美国，经过 2 个月的漂泊，到达美国后已是 11 月份。冬天过去，有一半人因冻饿而死，许多母亲把一口吃的全留给孩子，

第二部分　旅游景点

自己饿死。艰难活过来的 53 个移民中有约翰·豪兰夫妇。他们繁衍生息，到小布什是第 14 代孙。

如此艰难复杂的寻亲觅祖的工作是谁做的呢？是盐湖城摩门教圣殿。见以下照片 F、G。

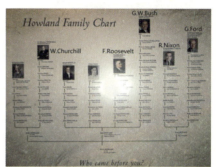

F　　　　　　　　　　　　　G

照片 F 是寻亲接待处。圆形露台的招牌文字是 FAMILY SEARCH（寻亲）。露台里面墙上张贴着一张寻亲图，见照片 G：Howland Family Chart（豪兰家谱表）。A、B、C、D、E 五位名人赫然表上。左起第三人是 Joseph Smith——摩门教的创始人。

7.3　Horse-Drawn Carriages 马拉旅游车

这张照片是摩门教圣殿不远大街上的出租马车和帅哥驭手。可以看到，他和白马的后面有个牌子，见以下照片 A。

197

想去美国？先看懂这些照片

                    A   B

    照片 A 中牌子上的文字是：Carriage For Hire　Carriage Stop　801－363－TOUR（马车站出租马车。联系电话：801－363－TOUR）。Carriage For Hire 也是出租马车公司的名字。盐湖城仅其一家公司，有 17 辆马车运营，绕城内一圈车费 50 美元，生意兴隆。然而，2014 年 12 月，盐湖城议会通过议案，禁止出租马车运营。原因起于一匹叫 Jerry 的白马倒地死亡。见照片 B。

    据 *Salt Lake Tribune*（《盐湖城论坛报》）报道，白马 Jerry 因中暑倒在马车站旁的大街上，引发"动物权利协会"和市民的抗议。转天，马车公司在报上登出照片安抚民心，说 Jerry 已恢复健康。但民众揭穿（unmasked）骗局，指出照片上是假 Jerry，真 Jerry 已死。从照片 B 中可以看到，游行示威者手中的牌子上有 Jerry 晕倒的照片，下面的文字是：BAN HORSE-DRAWN CARRIAGES（取缔马拉旅游车。）其他标语还有：HORSE-DRAWN CARRIAGES：CRUELTY TO ANIMALS（马拉旅游车：对动物太残忍。）

第二部分　旅游景点

Yellow Stone 黄石公园

黄石公园的96%在怀俄明州（Wyoming）的西北部，3%在蒙大拿州（Montana），1%在爱达荷州（Idaho）境内。南北长101公里，东西宽87公里。面积8,993平方公里，和东部两个州加起来差不多大［Delaware（特拉华州）6,452平方公里，罗德岛州（Rhode Island）3,140平方公里）］。

黄石公园由65万年前3个较大的火山口群组成。简言之，黄石公园就是一个火山口，海拔（elevation）2,357米，比泰山峰顶（1,545米）高出812米，可算是高原公园了。高血压、心脏病旅游者慎入。公园森林覆盖率达80%，剩余大部分是草地。

A　　　　　　　　　　　　　B

当你进入黄石公园时，会在入口处看到照片A中的牌子，上面的文字是：YELLOWSTONE NATIONAL PARK　NATIONAL PARK SERVICE（黄石公园国家公园管理局）。当你离开公园时，会看到照片B中的牌子，上面的文字是：Leaving YELLOWSTONE NATIONAL PARK　NATIONAL PARK SERVICE（离开黄石公园　国家公园管理局）。

8.1　Birds and Animals 鸟、动物

黄石公园的植物（flora）1,700 余种（species of plants），动物（fauna）60 余种（species of mammals），鸟类是其中之一。

8.1.1　Cassin's Finch 卡辛雀

黄石公园的鸟类有多种，雀是其中之一。而雀又有 12 种，卡辛雀是其中之一。

　　　　　　　A　　　　　　　　　　　　　　　　B

照片 A 中的鸟叫 Cassin's Finch（卡辛雀），落在离照相机镜头不到 2 米的地上，边叫边打量着行人。头上的红色羽毛表示这是只雄卡辛雀。雌性的没有红羽毛。照片 B 是卡辛雀站在树枝上四周张望，并不怕行人。卡辛雀和麻雀差不多大，以食小昆虫、植物种子为主。

卡辛雀是以 John Cassin 的姓命名。John Cassin（1813—1869）是鸟类学者、分类专家，无薪担任费城自然科学院院长（a curator at the Philadelphia Academy of Natural Sciences），为鸟类的发现和分类做出了巨大贡献。

8.1.2　Bison 野牛

黄石公园的野牛目前估计约有 5,000 头。

野牛除了力量大和脾气暴躁外，还擅跑，跑速高达 63 公里/小时。每年都有野牛伤游客的报道，主要是儿童。游客要看好自己的孩子，切莫靠近野牛与其合影。

第二部分　旅游景点

　　　　　A　　　　　　　　　　　　B

照片 A 可见在喷泉旁边吃草的野牛。照片 B 是公路边上的野牛。它们不怕游人，经常跨越公路。

词汇学习

● bison 的复数依然是 bison，单复数同形。
英语中常见的单复数同形的单词还有 deer, sheep, fish, cattle 等。

● 北美野牛 bison 时常被游客叫作 buffalo（水牛），甚至一些词典也这么说，但是并不准确。buffalo 是亚洲和非洲的水牛，和北美野牛没有关系。为什么 bison 被这么多人误认为是 buffalo 呢？可能和历史记载有关。1635 年，buffalo 就有文字记载，而百年以后的 1774 年，才有了 bison 的记载。随着现代科学的精细，越来越多的人不再把 bison 叫 buffalo 了。

8.1.3　Deer 鹿

黄石公园的鹿有八种，达 3 万多只。

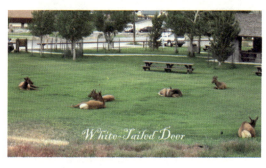

　　　　　A　　　　　　　　　　　　B

照片 A 中是一群野生的 White-Tailed Deer（白尾鹿）在草地上晒太阳。雄性

201

的白尾鹿叫 buck，雌性的叫 doe。照片 B 中可以看到，一只晒够了太阳的雌鹿站了起来，活动活动腰肢。雌鹿的体重一般为 40 公斤，雄鹿 50 公斤。

8.1.4 Grizzly 灰熊

A   B

照片 A 中是 Grizzly Mum & a Cub（灰熊妈妈和幼崽）。照片 B 是游客在拍照灰熊。他们把车停在路旁，架起"长枪大炮"，大饱眼福。拍摄者不仅兴趣盎然，而且多姿多彩（见照片 C、D）。

C   D

照片 C 中的老师，端着"机枪"冲出车顶。照片 D 中的炮兵司令，把家伙架在了车顶上。这种"长枪大炮"叫 long-focus lens（长焦镜头）。

8.2　Thermal Springs 地热泉

Thermal Springs（地热泉）有 spring（涌泉）和 geyser（喷泉）之分。喷得高

第二部分　旅游景点

叫喷泉，喷得低叫涌泉，但并无确定的量化。黄石公园地热泉的命名就是这样，模糊不清。凭你的视觉去感觉吧。

黄石公园的地热泉主要分布在 7 个较大的盆地（basins）里：Upper Geyser Basin, Midway Geyser Basin, Lower Geyser Basin, Norris Geyser Basin, Monument Geyser Basin, West Thumb Geyser Basin, Backcountry Geyser Basins。历史记载的地热泉有 1,283 个，常年活跃的有 465 个，占全球的 2/3。

8.2.1　Old Faithful Geyser 老忠喷泉

Old Faithful Geyser（老忠喷泉）是黄石公园的主要景点之一。这个名字源于 1870 年的一支探险队，他们写道：It spouted at regular intervals nine times during our stay, the columns of boiling water being thrown from ninety to one hundred and twenty-five feet at each discharge, which lasted from fifteen to twenty minutes. We gave it the name of "Old Faithful."（我们在此停留期间，该喷泉间歇定时喷发 9 次，每次喷出的水柱高达 90～125 英尺不等，每次持续时间 15～20 分钟。于是，我们给它命名"老忠"。）探险队的命名略有敬意调侃：你工作、歇息始终如一。不因有人看，你就作秀；无人看，你就耍滑。你是个老实忠厚的人，就叫"老忠"吧。

老忠喷泉位于 Upper Geyser Basin（高喷泉盆地）内，往北还有一个 Lower Geyser Basin（低喷泉盆地）。所谓 upper, lower 高低之别是相对于海拔而言。

A

B

照片 A 中告示牌上的文字是 OLD FAITHFUL GEYSER（老忠喷泉）。牌子后面不远处就是间歇中的喷泉。照片 B 是聚集在观景台上的游客，等待"老忠上班"。

203

              A   B

照片 A 的上方是即将喷发的老忠喷泉，下方有个警示牌，上面的文字是：DANGER　FRAGILE THERMAL AREA KEEP OUT（危险。脆弱的地热区，不要走近。）照片 B 是喷发的水柱。水柱高约 50 米，大约每 90 分钟喷发一次，每次持续时间约 4 分钟，每次喷发水量约 20 立方米。喷泉口以下 13 米处的温度是摄氏 129 度。老忠喷泉是 cone geyser（锥型喷泉）。锥型喷泉是相对于 fountain geyser（涌型喷泉）而言。

8.2.2　*Biscuit Basin* 烤饼盆地

Biscuit Basin（烤饼盆地）是 Upper Geyser Basin（高泉盆地）的一部分，在老忠喷泉的西北不远处。biscuit 饼干，烤饼。

              A   B

照片 A 中有两个告示牌，上面红色的英语的汉语译文是：在地热区，离开观景路、携带宠物、向池中扔杂物都是违法、危险的。下面白色的是：烤饼盆地往返观景路，总长 0.5 英里。只许步行。神秘瀑布观景路口距此 0.3 英里。神秘瀑布景点距此 1.2 英里。mi = mile 英里。Jct = junction 交叉路口。

照片 B 是烤饼盆地的一湾池水 Sapphire Pool（蓝宝石池）。今日晶莹静谧的蓝宝石，昔日可是山崩雷啸的飞沙走石。见以下照片 A、B 的介绍。

A   B

照片 A 中，景点介绍牌后面的河是 Firehole River（火洞河），河对面可见一簇簇升起的蒸汽。每一簇蒸汽下就是一个热泉。烤饼盆地跨越火洞河，可见处处蒸汽四起。照片 B 是景点介绍牌上的文字，告诉你这个景点的来龙去脉。英语的汉语译文是：烤饼盆底，该地热盆地极具爆炸性，难以预测。1959 年 8 月 17 日发生了里氏 7.5 级大地震，震中就在此处西北几英里处。4 天后，蓝宝石泉池开始剧烈喷发，把喷口周围的巨大石块卷走。烤饼盆地取名来自这里烤饼状的矿石结构。

8.2.3　Grand Prismatic Spring 大棱镜泉

Grand Prismatic Spring（大棱镜泉）是黄石公园的重要景点，位于 Midway Geyser Basin（中途喷泉盆地）内。为什么叫 Midway（中途）？因为这个盆地在 Upper Geyser Basin（高泉盆地）和 Lower Geyser Basin（低泉盆地）之间的半路上。

这个热泉确实 grand：直径 90 米，水深 50 米，水温摄氏 70 度，每分钟排水 2,100 升，美国最大，世界第三——仅次于新西兰和多米尼加的两个热泉。

prismatic 棱镜的。阳光透过棱镜后会分解为七彩光。因此，prismatic 的引申义就是"色彩斑斓的"。

想去美国？先看懂这些照片

A   B

照片 A 中的文字是 GRAND PRISMATIC SPRING（大棱镜热泉）。照片 B 就是大棱镜热泉。周边地表斑斓的色彩是怎样形成的？见以下照片的介绍。

C

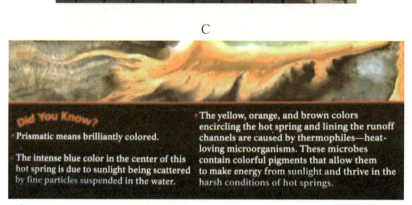

Did You Know?

- Prismatic means brilliantly colored.

- The intense blue color in the center of this hot spring is due to sunlight being scattered by fine particles suspended in the water.

- The yellow, orange, and brown colors encircling the hot spring and lining the runoff channels are caused by thermophiles—heat-loving microorganisms. These microbes contain colorful pigments that allow them to make energy from sunlight and thrive in the harsh conditions of hot springs.

D

照片 C 是景点介绍牌。左下方的文字见照片 D：

206

第二部分　旅游景点

Did you know?

● Prismatic means brilliantly colored.

● The intense blue color in the center of this hot spring is due to sunlight being scattered by fine particles suspended in the water.

● The yellow, orange, and brown colors encircling the hot spring and lining the runoff channels are caused by thermophiles-heat-loving microorganisms. These microbes contain colorful pigments that allow them to make energy from sunlight and thrive in the harsh conditions of hot springs.

汉语译文：

你知道吗？

● Prismatic 的意思是色彩斑斓。

● 热泉中心的深蓝色是水中的微粒物质将阳光散射后形成的。

● 热泉周边和水道两边的黄色、橘色、棕色是嗜热微生物造成的。这些微生物体内有彩色色素，能吸收阳光，产生能量，使它们在严酷的热泉环境中得以繁衍生息。

8.2.4　Formation of Geothermal Geysers 地热喷泉的成因

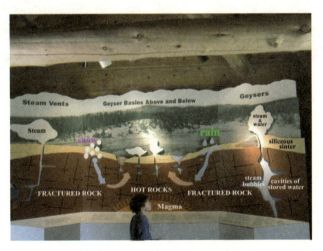

这张照片是博物馆的一面墙，上面的示意图告诉你地热喷泉的成因，一个天真、好奇的小男孩正好进入镜头。示意图显示：地下岩浆把它上面的地层烤热，被烤热的水和蒸汽从地层中喷发出来形成喷泉。地面的雨雪渗透到地层，

207

补充喷发走的水和蒸汽。

从左至右、自上而下的文字是：Steam Vents（蒸汽喷口），Geyser Basins Above and Below（喷泉盆地的地上和地下），Geysers（喷泉），Steam（蒸汽），snow（雪），rain（雨），steam & water（蒸汽和水），siliceous sinter（硅华），FRACTURED ROCK（断裂的岩层），HOT ROCKS（炙热的岩层），steam bubbles（蒸汽气泡），cavities of stored water（储水的洞穴），Magma（岩浆）。

8.3　Firehole River 火洞河

Firehole River（火洞河）的名字是早期来到这里的人类给它起的。那时，人类把河两边的水气误认为是火（fire），把山谷叫洞（hole）。于是，把河边的 fire 和 hole 里流出的河连在一起，就成了这个名字。

A　　　　　　　　　　　　B

照片 A 中可见到火洞河河水、桥上的行人和桥头禁止游泳的标识牌。河的对岸可见蒸腾的水气。那些水气都是从一个个热泉里冒出来的。桥头的那一端，可见一股水流沿着黄色的渠道流到了河里（见照片 B）。水流源自热泉，当然是热水。水渠是黄色，是因为嗜热微生物在那里生长，它们体内有彩色色素，能吸收阳光，产生能量，使它们在严酷的热泉环境中得以繁衍生息。

8.4　Boardwalks 木板路

在黄石公园的地热区，常见供游客行走观光的 boardwalks（木板路）。

第二部分　旅游景点

A   B

从照片 A 中可看到，右边是公路，左边是木板路。公路是供汽车行驶的，而木板路是供游客步行的。中间有一个牌子，上面的文字见照片 B：小心，木板路和景点小路的路面可能会结冰光滑。

A   B

照片 A 中，可见走在木板路上的游客。木板下面都是地热的地面。照片 B 是木板路入口处的一个告示牌，译文是：地面沸水变化无常，请在指定的景点小路上行走。潮湿或路面结冰时，会很滑。

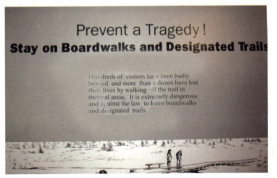

A   B

209

想去美国？先看懂这些照片

照片 A 是景点介绍橱窗（exhibit panel 展窗）中的一个画面。这是一个真实的悲剧：1970 年 6 月 28 日，一个叫 Andrew Clark Hecht 的 9 岁小男孩离开木板路玩耍，不慎跌入泉池（Crested Pool）中。该泉池的水温 93 度，水深 13 米。第二天，孩子被打捞上来时，只剩下了几斤重的遗骨。照片 B 中的文字是：Prevent a Tragedy! Stay on Boardwalks and Designated Trails Hundreds of visitors have been badly burned and more than a dozen have lost their lives by walking off the trail in thermal areas. It is extremely dangerous and against the law to leave boardwalks and designated trails.（避免悲剧！不要离开木板路和指定的景点小路。因在地热区离开木板路，已经有几百个游客被烫成重伤，十多人失去了生命。离开木板路和指定的景点小路是极其危险的，也是违法的。）

8.5　Grand Canyon 大峡谷

A　　　　　　　　　　　　　　B

照片 A 是黄石公园大峡谷里的瀑布。虽然也叫 Grand Canyon，但是无法和科罗拉多河流经的大峡谷相比，此谷非彼谷。照片 B 是 Canyon Village（峡谷村）告示牌上的两句话，译文是：今昔对比。1928 年，夏季每天来大峡谷旅游的车平均是 763 辆。1996 年 7 月，每天来这里旅游的车是平均 6,689 辆。据统计，近几年黄石公园的游客每年都在 300 万以上。

8.6　Old Faithful Inn 老忠客栈

Old Faithful Inn（老忠客栈）就在老忠喷泉附近，不到 100 米的距离。

A　　　　　　　　　　　　　　　B

照片 A 是老忠客栈的正门，客服大堂就在这里，住宿者要到此 check in（登记入住）。照片 B 是门前的通道，入口处的左侧是粗大横木叠加起来的顶棚支柱，支柱中间告示牌上的文字是：← RVs AND BUSSES　　CARS →　　15 MIN LOADING ONLY（←房车　公交车　小汽车→ 上下客限制 15 分钟）。

RV = recreational vehicle 的首字母缩写。RVs = recreational vehicles，房车的复数。RV 有公交车大小，里面可以居住，锅碗瓢盆、沙发、床铺、厨房、卫生间齐全，简直就是一个可以移动的房子。房车有多种叫法：trailer, RV（recreational vehicle），caravan, camper van, motor home 等。

A　　　　　　　　　　　　　　　B

想去美国？先看懂这些照片

照片 A 是客栈门前通道的出口处，圆木叠加的支柱支撑着通道的顶棚，支柱告示牌上白色的文字是 BUSSES TUEN MOTOR OFF（公交车关闭发动机）。照片右边的车道上停着一辆大巴车，车后面放着一个牌子，上面的文字是：BUS LOADING ZONE LUGGAGE TOURS ONLY（大巴车上下客区 装卸行李 只停旅游车）。照片 B 是客栈一个入口处的门，上面英语的译文是：此门晚 10 点关闭，请走前门大堂。

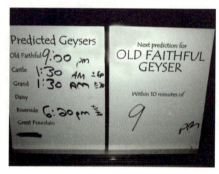

A   B

照片 A 是客栈里楼道墙壁上的一个牌子，译文是：本客栈常用电话号码：紧急 0，订餐 4999，前台 4600，行李搬运 4606。

照片 B 是前台张贴的告示，预报附近几个喷泉的喷发时间：Predicted Geysers Old Faithful 9：00 pm Castle 1：30 AM ±60 Grand 1：30 AM ±90 Daisy Riverside 6：20 pm ±30 Great Fountain Next prediction for old faithful geyser within 10 minutes of 9 pm（预计喷发时间：老忠喷泉晚上 9 点；城堡凌晨 1：30，误差正负 60 分钟。大棱镜凌晨 1：30，误差正负 90 分钟；黛西喷泉、河边喷泉晚 6：20，误差正负 30 分钟；大泉、老忠喷泉 10 分钟内的今晚 9 点开始。）

A   B

照片 A：参观历史建筑老忠客栈。我们一起用 45 分钟参观老忠客栈。时间：上午 9：30，11：30；下午 2：00，3：30。每次参观都从大堂内的石壁炉出发。有导游免费带领游客参观客栈内的多处景点，其中有早期来到黄石公园居住者的很小的木头房间等。

从照片 B 中可见，客栈内墙壁上悬挂着一个小木箱，上面的文字是 KEY DROP（投放钥匙）。这是做什么用的呢？原来，房客离开客栈时，可以不去前台交回房间钥匙，将其投进这个小木箱后即可走人。事情虽小，体现了人与人之间的信任和尊重。

A　　　　　　　　　　B

从照片 A 中可见，门上有两个告示，左边的一个是 No Pets（禁止带宠物），右边的一个可以看出是关于禁枪的。禁枪图案下面的文字见照片 B，译文是：警告：禁止携带枪支。联邦法律禁止在本建筑设施内携带枪支或其他危险武器，有特殊授权者除外。美国法规第 18 930 (a) 条款规定，违反持枪规定者将会被罚款和/或判一年监禁，而第 18 930 (b) 条款规定，有犯罪企图的违反持枪规定者可判罚款和 5 年监禁。

想去美国？先看懂这些照片

Boulder MT 博尔德，蒙大拿州

这是黄石公园西北门的出口。照片中标识牌上的文字是：NATIONAL PARK SERVICE LEAVING YELLOWSTONE NATIONAL PARK（国家公园管理局。离开黄石国家公园）。这个出口已是蒙大拿州的边界。黄石公园位于三州的交界处：96%在怀俄明州（Wyoming），3%在蒙大拿州（Montana），1%在爱达荷州（Idaho）。

蒙大拿州境内的博尔德是杰斐逊郡的一个城镇，面积2.93平方公里，人口1,186人。这里有一个温泉宾馆、一个阳光氡气疗养地、7所教堂，每年的8月在此举办骑牛马比赛。

9.1 Rodeo Events 骑牛马比赛

Rodeo 包括多种赛事，骑牛比赛只是其中之一。如 bull riding（骑牛赛）、bronc riding（骑野马赛）、barrel racing（绕桶赛）、team roping（双人套索赛）、steer

第二部分　旅游景点

wrestling（擒拿犍牛赛）等。

A　　　　　　　　　　　　　　B

照片 A 中这所房子周围每年都举行骑牛马赛。侧面墙上的英语译文是：杰斐逊郡集市暨骑牛马赛，8 月 21—24 日。杰斐逊郡是以美国第二任总统 Thomas Jefferson 的名字命名。Jefferson 是《独立宣言》的起草者。美国有不少地方都以他的名字命名。

A　　　　　　　　　　　　　　B

照片 A 和 B 都是骑牛赛（bull riding）。

A　　　　　　　　　　　　　　B

照片 A 和 B 都是骑野马赛（bronc riding）。bronc 野马。

215

                  A   B

照片 A 和 B 都是绕桶赛（barrel racing）。barrel 大桶。照片中可见潇洒飘逸的女赛手，让人叹为观止、肃然起敬。绕桶赛是女子项目。骑马路线见以下照片 D。

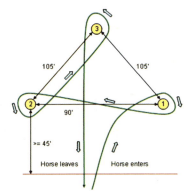

                  C   D

照片 C 是英姿飒爽的女赛手，正在疾驰绕过大桶。照片 D 中可见 3 个黄色大桶的摆放位置、之间距离（英尺）以及赛马入出和跑行路线。

                  A   B

照片 A 和 B 都是双人套索赛（team roping）。比赛考验两个人的协调性和团队合作能力。规则要求：一人套住犍牛的头部或角后，第二个人用套索套住犍

牛的后腿，然后合力将犍牛拉倒为止。用时间最少者为冠军。这个项目可以分为男双、女双、混双竞赛。照片 A 为混双赛。这项比赛也叫 heading and heeling。

rider 骑手。header 套牛头者。healer 套牛后腿者。steer 犍牛。

9.2　Sunshine Radon Health Mine 阳光氡气疗养地

19 世纪的淘金热和铀矿的开发在这里留下了一个副产品——含微量氡气的坑道。微量氡气有一定的医疗、保健功能，能缓解高血压、糖尿病、风湿病、癌症等症状。于是，此地有了这样一个 Sunshine Radon Health Mine（阳光氡气疗养地）。

A　　　　　　　　　　　　　　B

照片 A 是 Boulder River（博尔德河），流入 Yellowstone River（黄石河）后，向东流入密苏里河，最后流入密西西比河，在墨西哥湾入海。阳光氡气疗养地就在博尔德河岸边的一座小山上，见照片 B：箭头所指的地方就是该疗养地的坑道入口。

A　　　　　　　　　　　　　　B

想去美国？先看懂这些照片

照片 A 是坑道入口上方的招牌，上面的文字是 WELCOME TO THE SUNSHINE MINE（欢迎来到阳光疗养地）。照片 B 是进入坑道后的一个疗养室。室内含有微量氡气。疗养的人坐在沙发椅上即可。当然，游客也可以围坐在一起进行聊天、打扑克等活动。

A　　　　　　　　　　　　B

照片 A 中是疗养的人，他们边打扑克边疗养。疗养室的木柱、墙壁上可见密密麻麻的疗养者留言。照片 B 中可见一位疗养者的留名：黄伟志 TAIWAN 2000，6，25。2000 年 6 月 25 日，来自台湾的黄伟志在此疗养过。

A　　　　　　　　　　　　B

照片 A 是疗养洞内的告示，译文是：勿把食品、饮料带进疗养室——饮用水可以。照片 B 也是疗养洞内的告示，译文是：您最后一个离开疗养室时，请关灯。谢谢！

第二部分　旅游景点

　　　　　　　　A　　　　　　　　　　　　　　　　B

　　在疗养洞不远处有一座房子，墙壁上贴着一个告示，见照片 A。上面的文字是：SUNSHINE HEALTH MINE "A Beautiful Place For Healing"　Artisan Studio & Gift Gallery www. sunshinehealthmine. com（阳光疗养地，"一个美丽的医疗地方"，艺术画廊和礼品店。网址：略。）照片 B 是艺术画廊和礼品店的主人和她的艺术品、纪念品。